La Dama de las Camelias

Alexandre Dumas

La Dama de las Camelias

Traducción y notas de Emilio Pascual

ALIANZA EDITORIAL

Título original: *La Dame aux Camélias*

Primera edición: 2008
Cuarta edición: 2025

Ilustración y diseño de cubierta: Alicia Caboblanco /
www.aliciacaboblanco.com

Calle Valentín Beato, 21
28037 Madrid
www.alianzaeditorial.es

PAPEL DE FIBRA CERTIFICADA

ISBN: 978-84-1148-883-9
Depósito legal: M. 24.555-2024
Printed in Spain

SI QUIERE RECIBIR INFORMACIÓN PERIÓDICA SOBRE LAS NOVEDADES DE ALIANZA EDITORIAL, ENVÍE UN CORREO ELECTRÓNICO A LA DIRECCIÓN:

alianzaeditorial@anaya.es

Capítulo 1

A mi juicio, no se pueden crear personajes sino después de haber estudiado mucho a los hombres, como no se puede hablar una lengua sino a condición de haberla aprendido seriamente.

Como no he llegado aún a la edad de inventar, me limito a relatar.

Exhorto, pues, al lector a que se convenza de la realidad de esta historia, cuyos personajes, a excepción de la heroína, viven todos aún.

Por otra parte, hay en París testigos de la mayor parte de los hechos que aquí recojo, y que podrían confirmarlos, si mi testimonio no bastara. Por una circunstancia particular sólo yo podía escribirlos, porque sólo yo fui el confidente de los últimos detalles, sin los cuales hubiera sido imposible hacer un relato interesante y completo.

Pues bien, veamos cómo llegaron a mi conocimiento esos detalles.

El 12 de marzo de 1847 leí en la calle Laffitte un gran cartel amarillo en que se anunciaba la subasta de unos muebles y otros curiosos objetos de valor. Dicha subasta tenía lugar tras una defunción. El cartel no ponía el nombre de la persona muerta, pero la subasta iba a llevarse a cabo en la calle de Antin, número 9, el día 16, de doce a cinco de la tarde.

El cartel indicaba además que el 13 y el 14 se podía ir a ver el piso y los muebles.

Siempre he sido aficionado a las curiosidades. Me prometí no perderme aquella ocasión, si no de comprar, por lo menos de ver.

Al día siguiente me dirigí a la calle de Antin, número 9. Era temprano y, sin embargo, ya había gente en el piso: hombres e incluso mujeres, que, aunque vestidas de terciopelo, envueltas en cachemiras y con elegantes cupés esperándolas a la puerta, miraban con asombro y hasta con admiración el lujo que se ostentaba ante sus ojos.

Más tarde comprendí aquella admiración y aquel asombro, pues, al ponerme a observar yo también, advertí sin dificultad que estaba en la casa de una entretenida[1]. Y si hay algo que las mujeres de mundo desean ver –y allí había mujeres de mundo– es el interior de las casas de esas mujeres, cuyos carruajes salpican los suyos a diario; que tienen, como ellas y a su lado, un palco en la Ópera y en los Italianos, y que ostentan en París la insolente opulencia de su belleza, de sus joyas y de sus escándalos.

Aquella en cuya casa me encontraba había muerto: las mujeres más virtuosas podían, pues, penetrar hasta en su dormitorio. La muerte había purificado el aire de aquella espléndida cloaca, y además siempre tenían la excusa, si la hubieran necesitado, de que iban a una subasta sin saber a casa de quién iban. Habían leído los carteles, querían ver lo que los carteles prometían y elegir por anticipado: nada más sencillo. Lo que no les impedía buscar, en medio de todas aquellas maravillas, las huellas de su vida de cortesana, de la que sin duda les habían referido tan extraños relatos.

1. Aunque los diccionarios españoles suelen identificar «entretenida» con «prostituta», en francés tiene un matiz más amortiguado: se trata de una mujer que vive de la generosidad de su(s) amante(s).

Por desgracia, los misterios habían muerto con la diosa y, pese a toda su buena voluntad, aquellas damas no lograron sorprender más que lo que estaba en venta después del fallecimiento, y nada de lo que se vendía en vida de la inquilina.

Por lo demás, no faltaban cosas que comprar. El mobiliario era soberbio. Muebles de palo de rosa y de Boule, jarrones de Sèvres y de China, estatuillas de Sajonia, raso, terciopelo y encaje, nada faltaba allí.

Me paseé por la casa y seguí a las nobles curiosas que me habían precedido. Entraron en una habitación tapizada de tela persa, e iba a entrar yo también, cuando salieron casi al instante, sonriendo y como si les diera vergüenza de aquella nueva curiosidad. Por ello deseaba yo más vivamente penetrar en aquella habitación. Era el cuarto de aseo, revestido de los más minuciosos detalles, en los que parecía haberse desarrollado al máximo la prodigalidad de la muerte.

Encima de una gran mesa adosada a la pared, una mesa de seis pies de largo por tres de ancho, brillaban todos los tesoros de Aucoc y de Odiot. Era aquélla una magnífica colección, y ni uno solo de esos mil objetos tan necesarios para el cuidado de una mujer como aquella en cuya casa nos hallábamos estaba hecho de otro metal que no fuera oro o plata. Sin embargo, una colección como aquélla sólo podía haberse hecho poco a poco, y no era el mismo amor el que la había completado.

Como a mí no me asustaba ver el cuarto de aseo de una entretenida, me distraía examinando los detalles, cualesquiera que fuesen, y me di cuenta de que todos aquellos utensilios, magníficamente cincelados, llevaban iniciales distintas y orlas diferentes.

Iba mirando todas aquellas cosas, cada una de las cuales se me representaba como una prostitución de la pobre chica, y me decía que Dios había sido clemente con ella, puesto que no había permitido que llegara a sufrir el castigo ordinario, y la había dejado morir en medio de su lujo y su belleza, antes de la vejez, esa primera muerte de las cortesanas.

En efecto, ¿hay espectáculo más triste que la vejez del vicio, sobre todo en la mujer? No encierra dignidad alguna ni inspira ningún interés. Ese eterno arrepentimiento, no ya del mal camino seguido, sino de los cálculos mal hechos y del dinero mal empleado, es una de las cosas más tristes que se pueden oír. Conocí una antigua mujer galante, a quien ya no le quedaba de su pasado más que una hija casi tan hermosa, al decir de sus contemporáneos, como había sido su madre. Aquella pobre niña, a quien su madre nunca le había dicho «eres mi hija» más que para ordenarle que sustentara su vejez como ella había sustentado su infancia, aquella pobre criatura se llamaba Louise y, obedeciendo a su madre, se entregaba sin voluntad, sin pasión, sin placer, como hubiese trabajado en un oficio si hubieran pensado en enseñárselo.

El espectáculo continuo del desenfreno, un desenfreno precoz, alimentado por el estado continuamente enfermizo de la muchacha, apagó en ella el discernimiento del bien y del mal, que tal vez Dios le había concedido, pero que a nadie se le ocurrió desarrollar.

Nunca olvidaré a aquella muchachita, que pasaba por los bulevares casi todos los días a la misma hora. Su madre la acompañaba sin cesar, tan asiduamente como una verdadera madre hubiera acompañado a su verdadera hija. Yo era muy joven entonces, y dispuesto a aceptar para mí la fácil moral de mi siglo. Recuerdo, sin embargo, que el espectáculo de aquella vigilancia escandalosa me inspiraba desprecio y asco.

Añádase a ello que nunca un rostro de virgen dio tal sensación de inocencia, tal expresión de sufrimiento melancólico.

Parecía una imagen de la Resignación.

Un día el rostro de la muchacha se iluminó. En medio del desenfreno programado por su madre, le pareció a la pecadora que Dios le otorgaba una satisfacción. Y, al fin y al cabo, ¿por qué Dios, que la había creado sin fortaleza, iba a dejarla sin consuelo bajo el peso doloroso de su vida? Un día, pues, se dio cuenta de que estaba encinta, y lo que de casto había aún en ella se estremeció de gozo. El alma tiene extraños refugios. Louise corrió a anunciar a su madre la noticia que tan feliz la hacía. Da vergüenza decirlo, aunque no estamos hablando aquí de la inmoralidad por gusto: estamos contando un hecho real, que tal vez haríamos mejor callando, si no creyéramos que de cuando en cuando es preciso revelar los martirios de esos seres a quienes se condena sin oír y se desprecia sin juzgar; da vergüenza, decimos, pero la madre respondió a la hija que ya no les sobraba nada para dos y que no tendrían bastante para tres; que tales hijos son inútiles y que un embarazo es una pérdida de tiempo.

Al día siguiente una comadrona, a quien designaremos sólo como la amiga de la madre, fue a ver a Louise, que se quedó unos días en la cama, y volvió a levantarse más débil y más pálida que antes.

Tres meses después un hombre se compadeció de ella y emprendió su curación moral y física; pero la última sacudida había sido excesivamente violenta, y Louise murió a consecuencia del aborto.

La madre vive todavía: ¿cómo? ¡Sabe Dios!

Esta historia me vino a la memoria mientras contemplaba los estuches de plata, y en estas reflexiones debió de pasar al parecer cierto tiempo, pues ya no quedábamos en la casa más que yo y un vigilante, que desde la puerta observaba con atención si no me llevaba nada.

Me acerqué a aquel hombre, a quien tan graves recelos inspiraba.

–¿Podría decirme –le dije– el nombre de la persona que vivía aquí?

–La señorita Marguerite Gautier.

Conocía a la joven de nombre y de vista.

–¡Cómo! –dije al vigilante–. ¿Ha muerto Marguerite Gautier?

–Sí, señor.

–¿Y cuándo ha sido?

–Creo que hace tres semanas.

–¿Y por qué dejan visitar el piso?

–Los acreedores han pensado que así subiría la subasta. La gente puede ver de antemano el efecto que hacen los tejidos y los muebles. Eso anima a comprar, ¿comprende?

–Ah, ¿tenía deudas?

–¡Oh, sí, señor! Y no pocas.

–Pero seguramente la subasta las cubrirá, ¿no?

–Y sobrará.

–¿Entonces quién se llevará el resto?

–Su familia.

–Ah, ¿tiene familia?

–Eso parece.

–Muchas gracias.

El vigilante, tranquilo ya respecto a mis intenciones, me saludó y salí.

«¡Pobre chica! –iba diciéndome mientras volvía a mi casa–. No ha debido de morir muy alegremente, pues en su mundo no hay amigos más que cuando uno está bien.»

Y, sin querer, no podía menos de compadecerme de la suerte de Marguerite Gautier.

Quizá le parezca ridículo a mucha gente, pero siento una indulgencia inagotable por las cortesanas, y no pienso tomarme la molestia de andar dando explicaciones sobre tal indulgencia.

Un día, cuando iba a recoger un pasaporte a la comisaría, vi cómo en una de las calles adyacentes dos gendarmes se llevaban a una chica. Ignoro lo que había hecho: lo único que puedo decir es que lloraba a lágrima viva abrazando a un niño de pocos meses, de quien su detención la separaba. Desde aquel día ya no he podido despreciar a una mujer a simple vista.

Capítulo 2

La subasta estaba fijada para el día 16.

Habían dejado un día de intervalo entre las visitas y la subasta, para que los tapiceros tuvieran tiempo de retirar cortinajes, visillos, etc.

Por aquella época yo regresaba de viaje. Era bastante normal que no me hubieran anunciado la muerte de Marguerite como una de esas grandes noticias que los amigos anuncian siempre al que vuelve a la capital de las noticias. Marguerite era bonita, pero, así como la tan solicitada vida de esas mujeres hace ruido, su muerte no hace tanto. Son de esos soles que se ponen como salen, sin brillo. Su muerte, cuando mueren jóvenes, llega a conocimiento de todos sus amantes al mismo tiempo, pues en París casi todos los amantes de una chica de éstas se lo cuentan todo. Intercambian algunos recuerdos respecto a ella, y la vida de los unos y de los otros sigue sin que tal incidente la empañe ni siquiera con una lágrima.

Hoy, cuando uno tiene veinticinco años, las lágrimas se han convertido en una cosa tan rara, que no se pueden regalar a la primera advenediza. No es poco ya que los padres que pagan por ser llorados lo sean en proporción al precio que se han puesto.

Por lo que a mí respecta, aunque mis iniciales no se hallaran en ninguno de los objetos de tocador de Marguerite, esa indulgencia instintiva, esa piedad natural que acabo de confesar hace un momento me hacían pensar en su muerte más tiempo de lo que tal vez se merecía.

Recordaba haber visto a Marguerite con mucha frecuencia en los Campos Elíseos, donde ella iba con asiduidad, a diario, en un pequeño cupé azul tirado por dos magníficos caballos bayos, y haber notado en ella una distinción poco común en sus semejantes, distinción que realzaba aún más una belleza realmente excepcional.

Cuando salen, estas desgraciadas criaturas siempre van acompañadas, a saber de quién.

Como ningún hombre consiente que se publique el amor nocturno que siente por ellas, como ellas tienen horror a la soledad, suelen llevar consigo a aquellas que, menos afortunadas, no tienen coche, o bien a alguna de esas viejas elegantes cuya elegancia carece de motivos, y a quienes puede uno dirigirse sin temor cuando quiere saber cualquier tipo de detalles acerca de la mujer que acompañan.

No ocurría así con Marguerite. Llegaba a los Campos Elíseos siempre sola en su coche, donde intentaba pasar lo más inadvertida posible, cubierta con un gran chal de cachemira en invierno y con vestidos muy sencillos en verano; y, aunque en su paseo favorito se encontrara con mucha gente conocida, cuando por casualidad les sonreía, su sonrisa era sólo visible para ellos, y una duquesa hubiera podido sonreír así.

No se paseaba desde la glorieta a los Campos Elíseos, como lo hacen y lo hacían todas sus compañeras. Sus dos caballos la llevaban rápidamente al Bosque[1]. Allí bajaba del coche, andaba durante una hora, volvía a subir a su cupé y regresaba a su casa al trote de las caballerías.

1. Se refiere al Bois de Boulogne.

Todas aquellas circunstancias, de las que yo había sido testigo algunas veces, desfilaban ante mí, y me dolía la muerte de aquella chica como duele la destrucción total de una hermosa obra.

Y es que era imposible ver una belleza más encantadora que la de Marguerite.

Alta y delgada hasta la exageración, poseía en sumo grado el arte de hacer desaparecer aquel olvido de la naturaleza con el simple arreglo de lo que se ponía. Su chal de cachemira, que le llegaba hasta el suelo, dejaba escapar por ambos lados los anchos volantes de un vestido de seda, y el grueso manguito que ocultaba sus manos y que ella apoyaba contra su pecho estaba rodeado de pliegues tan hábilmente dispuestos, que ni el ojo más exigente podía objetar nada al contorno de las líneas.

La cabeza, una maravilla, era objeto de una particular coquetería. Era muy pequeña, y su madre, como diría Musset[2], parecía haberla hecho así para hacerla con esmero.

En un óvalo de una gracia indescriptible colocad dos ojos negros coronados por cejas de un arco tan puro que parecía pintado; velad esos ojos con largas pestañas, para que al bajar proyecten sombra sobre la tez rosa de las mejillas; trazad una nariz fina, recta, graciosa, con ventanillas un poco abiertas por una ardiente aspiración hacia la vida sensual; dibujad una boca regular, cuyos labios se abran con gracia sobre unos dientes blancos como la leche; coloread la piel con ese suave terciopelo que cubre los melocotones no tocados aún por mano alguna, y tendréis el conjunto de aquella cabeza encantadora.

2. Dumas parece referirse a la descripción que hace Alfred de Musset de la protagonista de *Margot*.

Los cabellos, negros como el azabache, natural o artificialmente ondulados, se abrían sobre la frente en dos anchos bandós y se perdían detrás de la cabeza, dejando ver una parte de las orejas, en las que brillaban dos diamantes de un valor de cuatro a cinco mil francos cada uno.

Cómo la ardiente vida de Marguerite permitía que su rostro conservase la expresión virginal, incluso infantil, que lo caracterizaba, es algo que nos vemos obligados a constatar sin comprenderlo.

Marguerite tenía un maravilloso retrato suyo hecho por Vidal, el único hombre cuyo lápiz era capaz de reproducirla. Después de su muerte tuve unos días a mi disposición aquel retrato, y era de un parecido tan asombroso, que me ha servido para ofrecer las indicaciones a las que quizá no hubiera alcanzado mi memoria.

Algunos detalles de este capítulo no llegaron a mi conocimiento hasta más tarde, pero los escribo ahora mismo, para no tener que volver sobre ellos cuando comience la historia anecdótica de esta mujer.

Marguerite asistía a todos los estrenos y pasaba todas las noches en algún espectáculo o en el baile. Siempre que se representaba una obra nueva era seguro verla allí, con tres cosas que no la abandonaban jamás y que ocupaban siempre el antepecho de su palco de platea: los gemelos, una bolsa de bombones y un ramo de camelias.

Durante veinticinco días del mes las camelias eran blancas, y durante cinco, rojas; nunca ha logrado saberse la razón de aquella variedad de colores, que indico sin poder explicar y que los habituales de los teatros adonde ella iba con más frecuencia, lo mismo que sus amigos, habían notado como yo.

Nunca habíamos visto a Marguerite con otras flores que no fueran camelias. Tanto es así, que en casa de la señora Barjon, su florista, acabaron por llamarla la *Dama de las Camelias,* y con tal sobrenombre se quedó.

Yo sabía además, como todos los que en París se mueven en ciertos ambientes, que Marguerite había sido la querida de los jóvenes más elegantes, que lo decía abiertamente, y que ellos mismos se vanagloriaban de ello, lo que demostraba que amantes y querida estaban contentos unos de otros.

Sin embargo, desde hacía unos tres años, y a raíz de un viaje a Bagnères, se decía que no vivía más que con un viejo duque extranjero, enormemente rico, y que había intentado apartarla lo más posible de su vida pasada, a lo que por lo demás ella parecía haber accedido de buen grado.

A este respecto me contaron lo siguiente:

En la primavera de 1842 Marguerite estaba tan débil, tan cambiada, que los médicos le mandaron que fuera a un balneario, y salió hacia Bagnères.

Allí, entre los enfermos, se encontraba la hija del duque, la cual tenía no sólo la misma enfermedad, sino hasta el mismo rostro de Marguerite, hasta tal punto que se las hubiera podido tomar por dos hermanas. Sólo que la joven duquesa estaba en el tercer grado de la tisis y, pocos días después de la llegada de Marguerite, sucumbía.

Una mañana el duque, que seguía en Bagnères como sigue uno en el suelo que ha sepultado una parte de su corazón, divisó a Marguerite al dar la vuelta a una alameda.

Le pareció ver pasar la sombra de su hija y, dirigiéndose hacia ella, le cogió las manos, la besó llorando y, sin preguntarle quién era, le imploró permiso para verla y amar en ella la imagen viva de su hija muerta.

Marguerite, sola en Bagnères con su doncella, y por otra parte sin temor alguno de comprometerse, concedió al duque lo que le pedía.

Había en Bagnères gentes que la conocían, y fueron oficialmente a advertir al duque de la verdadera condición de la señorita Gautier. Fue un golpe para el viejo, pues ahí acababa el parecido con su hija, pero era ya un poco tarde. La joven se había convertido en una necesidad de su corazón y en el único pretexto, la única excusa, para seguir viviendo.

No le hizo ningún reproche –tampoco tenía derecho a hacérselo–, pero le preguntó si se sentía capaz de cambiar de vida, ofreciéndole a cambio de ese sacrificio todas las compensaciones que pudiera desear. Ella se lo prometió.

Hay que decir que por aquella época Marguerite, aunque entusiasta por naturaleza, estaba enferma. El pasado se le aparecía como una de las causas principales de su enfermedad, y una especie de superstición le hizo esperar que Dios le dejaría la belleza y la salud a cambio de su arrepentimiento y conversión.

Y en efecto, cuando llegó el final del verano, las aguas, los paseos, el cansancio natural y el sueño casi casi la habían restablecido.

El duque acompañó a Marguerite a París, donde siguió viéndola como en Bagnères.

Aquella relación, cuyo auténtico origen y motivo se desconocía, causó aquí gran sensación, pues el duque, conocido ya por su gran fortuna, se daba a conocer ahora por su prodigalidad.

El acercamiento del viejo duque a la joven se atribuyó al libertinaje, frecuente entre los viejos ricos. Hubo toda clase de suposiciones, excepto la verdadera.

Sin embargo, los sentimientos que aquel padre experimentaba por Marguerite tenían una causa tan casta que cualquier otra relación que no fuera de corazón le hubiera parecido un incesto, y jamás le había dicho una palabra que su hija no hubiera podido oír.

Lejos de nosotros el pensamiento de hacer de nuestra heroína otra cosa distinta de lo que era. Así pues, diremos que, mientras estuvo en Bagnères, la promesa que había hecho al duque no era difícil de cumplir y la cumplió; pero, una vez en París, a aquella joven acostumbrada a la vida disipada, a los bailes, incluso a las orgías, le pareció que su soledad, turbada únicamente por las periódicas visitas del duque, la haría morir de aburrimiento, y el soplo ardiente de su vida anterior pasaba a la vez por su cabeza y por su corazón.

Añádase a ello que Marguerite había vuelto de aquel viaje más hermosa que nunca, que tenía veinte años y que la enfermedad, adormecida, pero no vencida, seguía despertando en ella esos deseos febriles que casi siempre suelen ser resultado de las afecciones de pecho.

Así pues, el duque sintió un gran dolor el día en que sus amigos –que estaban al acecho sin cesar con ánimo de sorprender un escándalo por parte de la joven, con la que, decían, estaba comprometiéndose– vinieron a decirle y demostrarle que, en cuanto estaba segura de que él no iría a verla, ella recibía visitas, y que tales visitas se prolongaban con frecuencia hasta la mañana siguiente.

Interrogada al respecto, Marguerite le confesó todo al duque, aconsejándole, sin segundas intenciones, que dejara de ocuparse de ella, porque no se sentía con fuerzas para mantener los compromisos adquiridos y no quería seguir recibiendo más tiempo los beneficios de un hombre a quien estaba engañando.

El duque estuvo ocho días sin aparecer –eso fue todo lo que pudo hacer– y al octavo día vino a suplicar a Marguerite que volviera a admitirlo, prometiéndole aceptarla como era, con tal de poder verla, y jurándole que moriría antes que hacerle un solo reproche.

Así estaban las cosas tres meses después del regreso de Marguerite, es decir, en noviembre o diciembre de 1842.

Capítulo 3

El 16, a la una, me dirigí hacia la calle de Antin.

Desde la puerta de la cochera se oía gritar a los subastadores.

El piso estaba lleno de curiosos.

Se hallaban allí todas las celebridades del vicio elegante, examinadas con disimulo por algunas damas de la alta sociedad, que habían tomado una vez más la subasta como pretexto para poder ver de cerca a esas mujeres con las que nunca habrían tenido ocasión de encontrarse y cuyos fáciles placeres tal vez envidiaban en secreto.

La duquesa de F*** se codeaba con la señorita A***, una de las más tristes muestras de nuestras cortesanas modernas; la marquesa de T*** vacilaba en comprar un mueble por el que pujaba la señora D***, la adúltera más elegante y conocida de nuestra época; el duque de Y***, que en Madrid pasa por arruinarse en París, en París por arruinarse en Madrid, y que en resumidas cuentas no gasta ni su renta, mientras charlaba con la señora M***, una de nuestras cuentistas más ocurrentes, que de cuando en cuando se digna escribir lo que dice y firmar lo que escribe, intercambiaba miradas confidenciales con la señora N***, esa bella paseante de los Campos Elíseos, casi siempre vestida de rosa o de azul, y que va en un coche tirado por dos grandes caballos negros que Tony le vendió por diez mil francos y... que ella pagó; en fin, la señorita R***, que sólo con su talento saca el doble de lo que las mujeres de mundo sacan con su dote y el triple de lo que las otras sacan con sus amores, había ido a pesar del frío a hacer algunas compras, y no era a ella ciertamente a la que menos miraban.

Podríamos seguir citando las iniciales de un buen número de personas reunidas en aquel salón, y no poco sorprendidas de encontrarse juntas; pero tememos cansar al lector.

Digamos solamente que todo el mundo estaba de una alegría loca, y que muchas de las que se encontraban allí habían conocido a la muerta, pero no parecían acordarse de ello.

Reían a carcajadas; los tasadores gritaban hasta desgañitarse; los comerciantes, que habían invadido los bancos colocados ante las mesas de subastar, en vano intentaban imponer silencio para hacer sus negocios con tranquilidad. Nunca hubo reunión tan variada y ruidosa como aquélla.

Me deslicé humildemente en medio del tumulto, que me resultaba entristecedor al pensar que tenía lugar al lado de la habitación donde había expirado la pobre criatura cuyos muebles se subastaban para pagar las deudas. Yo, que había ido para observar más que para comprar, miraba la cara de los proveedores que organizaban la subasta y veía cómo sus facciones se ponían radiantes cada vez que un objeto alcanzaba un precio que no habían esperado.

Gente honrada, que había especulado con la prostitución de aquella mujer, que había ganado un cien por cien con ella, que había perseguido con papeles timbrados los últimos momentos de su vida, y que tras su muerte venía a recoger los frutos de sus honorables cálculos a la vez que los intereses de su vergonzoso crédito.

¡Cuánta razón llevaban los antiguos, que tenían un solo y mismo Dios para los mercaderes y para los ladrones!

Vestidos, cachemiras, joyas se vendían con una rapidez increíble. Nada de todo aquello me convenía, y seguí esperando.

De pronto oí gritar:

–Un volumen, perfectamente encuadernado, con cantos dorados, titulado *Manon Lescaut*[1]. Hay algo escrito en la primera página. Diez francos.

–Doce –dijo una voz tras un silencio bastante largo.

–Quince –dije yo.

¿Por qué? No podría decirlo. Sin duda por aquel «algo escrito».

–Quince –repitió el tasador.

–Treinta –dijo el primer postor en un tono que parecía desafiar a que se siguiera pujando.

Aquello se estaba convirtiendo en una lucha.

–¡Treinta y cinco! –grité entonces en el mismo tono.

–Cuarenta.

–Cincuenta.

–Sesenta.

–Cien.

Confieso que, si hubiera querido causar sensación, lo había conseguido plenamente, pues tras aquella puja se

---

1. *Manon Lescaut* es la novelita que, en medio de su infatigable producción, inmortalizó a su autor, Antoine-François Prévost (1697-1763), llamado el Abate Prévost. Es una novelita que tiene algo de autobiográfica y no poco de novela de costumbres, pero es ante todo una imperecedera historia de amor: Manon y Des Grieux figurarán siempre entre los amantes más célebres de la literatura, y éste es el motivo de que Armand se la regale a Marguerite, aparte del carácter específico de Manon, que, a pesar de ser una «chica alegre» y por momentos «inconstante», «pérfida» y «cruel», tiene un gran corazón y su amor es en el fondo constante y sincero.

hizo un gran silencio y me miraron para saber quién era el hombre que parecía tan resuelto a poseer aquel volumen.

Parece que el acento con que pronuncié mi última palabra convenció a mi antagonista: así que prefirió abandonar una lucha que no hubiera servido más que para hacerme pagar diez veces el precio del volumen e, inclinándose, me dijo con mucha amabilidad, aunque un poco tarde:

–Me rindo, caballero.

Como nadie dijo nada, el libro me fue adjudicado.

Temiendo una nueva cabezonería, que mi amor propio tal vez habría apoyado, pero que mi bolsillo habría llevado ciertamente muy a mal, di mi nombre, mandé apartar el volumen y bajé. Debí de dar mucho que pensar a aquella gente, que, testigo de la escena, sin duda se preguntaría con qué objeto había ido a pagar cien francos por un libro que podía conseguir en cualquier sitio por diez o quince francos como mucho.

Una hora después ya había mandado a buscar mi compra.

En la primera página, a pluma y con una letra elegante, estaba escrita la dedicatoria del donante del libro. Dicha dedicatoria ponía sólo estas palabras:

Manon a Marguerite,
Humildad.

Estaba firmada: Armand Duval.

¿Qué quería decir la palabra Humildad?

Según la opinión del tal Armand Duval, ¿qué superioridad reconocía Manon en Marguerite: la del desenfreno o la del corazón?

La segunda interpretación era la más verosímil, pues la primera no hubiera sido más que una franqueza impertinente, que no habría aceptado Marguerite, pese a la opinión que tuviera de sí misma.

Salí otra vez y no volví a ocuparme del libro hasta por la noche, a la hora de acostarme.

Manon Lescaut es realmente una historia conmovedora que me conozco al detalle, y, sin embargo, cuando cae en mis manos tal volumen, mi simpatía por él me sigue atrayendo, lo abro y por centésima vez revivo con la heroína del Abate Prévost. Y es que es una heroína tan real, que me parece haberla conocido. En aquellas nuevas circunstancias la especie de comparación que se daba entre ella y Marguerite hacía que la lectura tuviera para mí un aliciente inesperado, y a mi indulgencia se añadía la piedad, casi el amor, por la pobre chica a cuya herencia debía yo el volumen. Manon había muerto en un desierto, es verdad, pero también en los brazos del hombre que la amaba con todas las energías de su alma y que, una vez muerta, le cavó una fosa, la regó con sus lágrimas y en ella sepultó su corazón; mientras que Marguerite, pecadora como Manon y quizá convertida como ella, había muerto en el seno de un lujo suntuoso, a juzgar por lo que yo había visto, en el lecho de su pasado, pero también en medio de ese desierto del corazón, mucho más árido, mucho más vasto, mucho más despiadado que aquel en el que había sido enterrada Manon.

Marguerite, en efecto, según supe por ciertos amigos que conocían las últimas circunstancias de su vida, no llegó a ver un auténtico consuelo sentado a su cabecera durante los dos meses que duró su lenta y dolorosa agonía.

De Manon y Marguerite mi pensamiento se dirigió luego hacia las que yo conocía y que veía encaminarse cantando hacia una muerte casi siempre invariable.

¡Pobres criaturas! Si amarlas es un error, lo menos que podemos hacer es compadecerlas. Compadecemos al ciego que nunca ha visto la luz del día, al sordo que nunca ha oído los acordes de la naturaleza, al mudo que nunca ha podido expresar la voz de su alma, y, so pretexto de un falso pudor, no queremos compadecer esa ceguera del corazón, esa sordera del alma, esa mudez de la conciencia, que enloquecen a la desgraciada afligida y sin querer la hacen incapaz de ver el bien, de oír al Señor y de hablar la lengua pura del amor y de la fe.

Hugo ha escrito *Marion de Lorme,* Musset ha escrito *Bernerette,* Alexandre Dumas ha escrito *Fernande,* los pensadores y poetas de todos los tiempos han presentado a la cortesana la ofrenda de su misericordia, y alguna vez un gran hombre las ha rehabilitado con su amor e incluso con su nombre. Si insisto tanto en este punto, es porque quizá muchos de los que van a leerme ya están dispuestos a rechazar este libro, por temor a no ver en él más que una apología del vicio y de la prostitución, y sin duda la edad del autor[2] no contribuye mucho a disipar ese temor. Que los que piensen así se desengañen y sigan leyendo si ningún otro temor los detenía.

Estoy sencillamente convencido de un principio, y es éste: para la mujer que por su educación no ha aprendido el bien, Dios abre casi siempre dos senderos que la hacen volver a él; esos senderos son el dolor y el amor. Son difíciles; las que se deciden acaban con los pies ensangrentados y las manos desgarradas, pero al mismo tiempo dejan en las zarzas del camino los aderezos del vicio y llegan a término con esa desnudez que no causa vergüenza ante el Señor.

---

2. Recuérdese que, cuando Dumas publicó *La Dama de las Camelias,* tenía 24 años.

Los que se encuentran con estas intrépidas viajeras deben apoyarlas y decirles a todos que se han encontrado con ellas, pues al publicarlo indican el camino.

No se trata de colocar ingenuamente a la entrada de la vida dos postes, uno con esta inscripción: Ruta del bien; otro con esta advertencia: Ruta del mal, y decir a los que se presentan: «Escoged». Hay que enseñar, como Cristo, a los que se han dejado tentar por los alrededores, los caminos que conducen de la segunda ruta a la primera; y sobre todo hay que evitar que el comienzo de estos caminos sea demasiado doloroso, ni parezca demasiado impenetrable.

Ahí está el cristianismo con su maravillosa parábola del hijo pródigo para aconsejarnos la indulgencia y el perdón. Jesús rebosaba de amor hacia esas almas heridas por las pasiones de los hombres y le gustaba curar sus llagas sacando de esas mismas llagas el bálsamo que las sanaría. Así decía a Magdalena: «Mucho te será perdonado, porque has amado mucho»[3], sublime perdón que despertaría una fe sublime.

¿Por qué vamos a ser nosotros más rígidos que Cristo? ¿Por qué, ateniéndonos obstinadamente a las opiniones de este mundo, que se hace el duro para que lo creamos fuerte, vamos a rechazar con él a esas almas sangrantes muchas veces de heridas por las que, como la sangre mala de un enfermo, se derrama el mal de su pasado, en espera únicamente de una mano amiga que las cure y les devuelva la convalecencia del corazón?

Ahora me dirijo a mi generación, a aquellos para quienes las teorías de Voltaire han dejado por suerte de

---

3. En realidad, la frase no va dirigida a ella, sino al fariseo Simón, aunque refiriéndose a ella: «Por eso te digo que quedan perdonados sus muchos pecados, porque ha amado mucho» (Lc 7, 47). Aunque la tradición ha venido identificándola con María Magdalena, el texto evangélico sólo dice que era «una mujer pecadora».

existir, a aquellos que, como yo, comprenden que la humanidad se encuentra desde hace quince años en uno de sus impulsos más audaces. La ciencia del bien y del mal ha sido adquirida de una vez para siempre; la fe se reconstruye, el respeto por las cosas santas nos ha sido devuelto y, si el mundo no es bueno del todo, al menos es mejor. Los esfuerzos de todos los hombres inteligentes tienden hacia el mismo fin, y todas las grandes voluntades van enganchadas al mismo principio: ¡seamos buenos, seamos jóvenes, seamos auténticos! El mal no es más que vanidad, tengamos el orgullo del bien, y sobre todo no desesperemos. No despreciemos a la mujer que no es madre, ni hermana, ni hija, ni esposa. No reduzcamos la estima a la familia, la indulgencia al egoísmo. Puesto que en el cielo hay más alegría por un pecador arrepentido que por cien justos que no han pecado nunca[4], intentemos alegrar al cielo. Él puede devolvérnoslo con creces. Vayamos dejando por el camino la limosna de nuestro perdón a aquellos a quienes los deseos terrenales han perdido y que una esperanza divina puede salvar; y, como dicen las viejas cuando aconsejan un remedio casero: si no hace bien, daño tampoco va a hacer.

Ciertamente ha de parecer harto presuntuoso por mi parte querer sacar tan grandes resultados de un tema tan insignificante como el que trato, pero soy de los que creen que en las cosas pequeñas está todo. El niño es pequeño, y contiene al hombre; el cerebro es estrecho, y alberga al pensamiento; el ojo es sólo un punto, y abarca leguas.

---

4. «Yo os digo que habrá mayor alegría en el cielo por un pecador que se convierta que por noventa y nueve justos que no tienen necesidad de penitencia» (Lc 15, 7).

Capítulo 4

Dos días después la subasta estaba completamente terminada. Produjo ciento cincuenta mil francos.

Los acreedores se repartieron las dos terceras partes, y la familia, compuesta por una hermana y un sobrino, heredó el resto.

La hermana abrió unos ojos como platos cuando el agente de negocios le escribió diciéndole que heredaba cincuenta mil francos.

Aquella joven llevaba seis o siete años sin ver a su hermana, que había desaparecido un día sin que llegara a saberse, ni por ella ni por otros, el menor detalle sobre su vida desde el momento de su desaparición.

Así que llegó a toda prisa a París, y no fue pequeño el asombro de los que conocían a Marguerite cuando vieron que su única heredera era una gorda y hermosa campesina que hasta entonces no había salido de su pueblo.

De pronto se encontró con una fortuna hecha, sin saber siquiera de qué fuente le venía aquella fortuna inesperada.

Volvió, según me dijeron después, a sus campos, llevándose una gran tristeza por la muerte de su hermana, compensada no obstante por la inversión al cuatro y medio por ciento que acababa de hacer.

Empezaban ya a olvidarse todas aquellas circunstancias, que corrieron de boca en boca por París, la ciudad madre del escándalo, y hasta yo mismo estaba olvidando la parte que había tomado en los acontecimientos, cuando un nuevo incidente me dio a conocer toda la vida de Marguerite, y me enteré de detalles tan conmovedores que me entraron ganas de escribir aquella historia, como ahora hago.

Hacía tres o cuatro días que el piso, vacío ya de todos sus muebles vendidos, estaba en alquiler, cuando una mañana llamaron a mi puerta.

Mi criado, o por mejor decir mi portero, que me servía de criado, fue a abrir y me trajo una tarjeta, diciéndome que la persona que se la había entregado deseaba hablar conmigo.

Eché un vistazo a la tarjeta y leí estas dos palabras:

ARMAND DUVAL

Me puse a pensar dónde había visto antes ese nombre y me acordé de la primera hoja del volumen de *Manon Lescaut.*

¿Qué podía querer de mí la persona que había dado aquel libro a Marguerite? Mandé que pasara en seguida el hombre que estaba esperando.

Vi entonces a un joven rubio, alto, pálido, vestido con un traje de viaje que parecía no haberse quitado en varios días ni tomado siquiera la molestia de cepillarlo al llegar a París, pues estaba cubierto de polvo.

El señor Duval, profundamente emocionado, no hizo ningún esfuerzo por ocultar su emoción, y con lágrimas en los ojos y la voz temblorosa me dijo:

–Le ruego me disculpe por esta visita y esta ropa; pero, aparte de que entre jóvenes no nos preocupamos tanto de estas cosas, tenía tantos deseos de verlo a usted hoy mismo que ni siquiera he perdido el tiempo bajándome en el hotel, donde he enviado mi equipaje, y he venido corriendo a su casa, por miedo de no encontrarlo a pesar de lo pronto que es.

Rogué al señor Duval que se sentara junto al fuego, como así hizo, a la vez que sacaba del bolsillo un pañuelo en el que ocultó un momento su rostro.

–Estará usted preguntándose –prosiguió suspirando tristemente– qué quiere este visitante desconocido, a estas horas, con esta pinta y llorando de tal modo. Sencillamente, vengo a pedirle un gran favor.

–Usted dirá. Estoy a su entera disposición.

–¿Asistió usted a la subasta de Marguerite Gautier?

Ante aquella palabra, la emoción que había conseguido dominar un instante fue más fuerte que él y se vio obligado a llevarse las manos a los ojos.

–Debo de parecerle muy ridículo –añadió–. Discúlpeme una vez más y créame que no olvidaré nunca la paciencia con que se digna escucharme.

–Caballero –repliqué–, si el favor que, según parece, está en mi mano hacerle ha de calmar la pena que usted experimenta, dígame en seguida en qué puedo servirle y encontrará usted en mí un hombre dichoso de poder complacerlo.

El dolor del señor Duval inspiraba simpatía, y sin querer yo estaba deseando serle grato.

Entonces me dijo:

–¿Ha comprado usted algo en la subasta de Marguerite?

–Sí, señor, un libro.

–*¿Manon Lescaut?*

–Exactamente.

–¿Tiene usted aún ese libro?

–Está en mi dormitorio.

Ante esta noticia, Armand Duval pareció quitarse un gran peso de encima y me dio las gracias como si, guardando aquel volumen, hubiera empezado ya a hacerle un favor.

Me levanté, fui a mi habitación a coger el libro y se lo entregué.

–Sí, es éste –dijo, mirando la dedicatoria de la primera página y hojeándolo–. Sí, es éste.

Y dos gruesas lágrimas cayeron sobre sus páginas.

–Bueno –dijo, levantando la cabeza hacia mí, sin intentar siquiera ocultarme que había llorado y que estaba a punto de llorar otra vez–, ¿tiene usted mucho interés en este libro?

–¿Por qué?

–Porque he venido a pedirle que me lo ceda.

–Perdone mi curiosidad –dije–, pero ¿entonces fue usted quien se lo dio a Marguerite Gautier?

–Yo mismo.

–El libro es suyo, tómelo; me siento feliz de poder devolvérselo.

–Pero –repuso el señor Duval un poco desconcertado– lo menos que puedo hacer es darle lo que le costó.

–Permítame que se lo regale. El precio de un solo volumen en una subasta semejante es una bagatela y ni siquiera me acuerdo de lo que me costó.

–Le costó cien francos.

–Es cierto –dije, desconcertado a mi vez–. ¿Cómo lo sabe usted?

–Es muy sencillo: esperaba llegar a París a tiempo para la subasta de Marguerite, y no he llegado hasta esta mañana. Quería a toda costa tener un objeto que hubiera sido suyo y fui corriendo a casa del subastador a pedirle permiso para ver la lista de los objetos vendidos y los nombres de los compradores. Vi que usted había comprado este libro y decidí rogarle que me lo cediera, aunque el precio que pagó por él me hizo temer si no estaría usted también ligado por algún recuerdo a la posesión de este volumen.

Y al decir esto, Armand parecía evidentemente temer que yo hubiera conocido a Marguerite como la había conocido él.

Me apresuré a tranquilizarlo.

–Sólo conocía de vista a la señorita Gautier –le dije–. Su muerte me causó la impresión que causa siempre en un joven la muerte de una mujer bonita con quien tuvo el placer de encontrarse. Quise comprar algo en su subasta y me empeñé en pujar por este volumen, no sé por qué, por el placer de hacer rabiar a un señor que se había encarnizado con él y parecía desafiarme a ver quién se lo llevaba. Así que, se lo repito, el libro está a su disposición y le ruego otra vez que lo acepte, para que no lo obtenga de mí como yo lo obtuve de un subastador y para que sea entre nosotros el compromiso de un conocimiento más amplio y de unas relaciones más íntimas.

–Está bien –me dijo Armand, tendiéndome la mano y estrechando la mía–. Lo acepto y le estaré eternamente agradecido.

Yo tenía buenas ganas de interrogar a Armand acerca de Marguerite, pues la dedicatoria del libro, el viaje del joven y su deseo de poseer aquel volumen me picaban la curiosidad; pero temía que, al interrogar a mi visitante, pareciera que no había rehusado su dinero sino para tener derecho a meterme en sus asuntos.

Diríase que adivinó mi deseo, pues me dijo:

–¿Ha leído usted este volumen?

–De arriba abajo.

–¿Qué ha pensado usted de las dos líneas que escribí?

–He comprendido en seguida que a sus ojos la pobre chica a quien usted dio este volumen era alguien fuera de lo común, pues me resistía a ver en esas líneas sólo un cumplido trivial.

–Y tenía usted razón. Aquella chica era un ángel. Tenga –me dijo–, lea esta carta.

Y me tendió un papel que parecía haber sido leído y releído muchas veces.

Lo abrí. Decía lo siguiente:

«Querido Armand:

»He recibido su carta, y doy gracias a Dios porque está usted bien. Sí, amigo mío, yo estoy enferma, y de una de esas enfermedades que no perdonan; pero el interés que aún se toma usted por mí disminuye mucho mis sufrimientos. Sin duda ya no viviré el tiempo suficiente para tener la suerte de estrechar la mano que ha escrito la bondadosa carta que acabo de recibir, y cuyas palabras me curarían, si algo pudiera curarme. Ya no lo veré más, pues estoy a un paso de la muerte y a usted lo separan de mí centenares de leguas. ¡Pobre amigo mío! Su Marguerite de antaño está muy cambiada, y quizá es preferible que no vuelva a verla antes que verla como está. Me pregunta usted si lo perdono. ¡Oh, de todo corazón, amigo mío, pues el daño que usted quiso hacerme no era más que una prueba del amor que me tenía! Llevo un mes en la cama, y tengo en tanta estima su aprecio que todos los días escribo el diario de mi vida desde el momento de nuestra separación hasta el momento en que ya no tenga fuerzas para escribir.

»Si su interés por mí es verdadero, Armand, a su regreso vaya a casa de Julie Duprat. Ella le entregará este diario. En él encontrará la razón y la disculpa de lo que ha pasado entre nosotros. Julie es muy buena conmigo; a menudo las dos juntas charlamos de usted. Estaba aquí cuando llegó su carta, y lloramos al leerla.

»En caso de que no me dé usted noticias suyas, ella queda encargada de enviarle estos papeles a su llegada a Francia. No me lo agradezca. Este volver todos los días sobre los únicos momentos felices de mi vida me hace un bien enorme, y si usted va a encontrar en su lectura la disculpa del pasado, yo encuentro en ella un continuo alivio.

»Quisiera dejarle algo para que me tuviera usted siempre en su recuerdo, pero todo lo que hay en la casa está embargado y nada me pertenece.

»¿Comprende usted, amigo mío? Voy a morir, y desde mi dormitorio oigo andar por el salón al vigilante que mis acreedores han puesto allí para que nadie se lleve nada ni me quede nada en caso de que no muriera. Espero que aguarden hasta el final para subastarlo.

»¡Oh, qué despiadados son los hombres! No, me equivoco: es mejor decir que Dios es justo e inflexible.

»Pues bien, querido mío, venga usted a la subasta y compre cualquier cosa, pues, si apartara yo el menor objeto para usted y se enterasen, serían capaces de denunciarlo por ocultación de objetos embargados.

»¡Qué vida tan triste la que dejo!

»¡Si Dios permitiera que volviera a verlo antes de morir! Según todas las probabilidades, adiós, amigo mío; perdóneme que no le escriba una carta más larga, pero los que dicen que van a curarme me agotan con sangrías, y mi mano se niega a escribir más.

»Marguerite Gautier»

En efecto, las últimas palabras apenas eran legibles.

Devolví la carta a Armand, que sin duda acababa de releerla en su pensamiento como yo la había leído en el papel, pues, al recogerla, me dijo:

–¡Quién podría pensar jamás que la que escribió esto fuera una entretenida!

Y, muy emocionado por sus recuerdos, contempló un rato la escritura de aquella carta, que acabó por llevarse a los labios.

–Cuando pienso –prosiguió– que ha muerto sin que haya podido verla y que ya no volveré a verla nunca, cuando pienso que ha hecho por mí lo que no hubiera hecho una hermana, no me perdono haberla dejado morir así. ¡Muerta! ¡Muerta! ¡Pensando en mí, escribiendo y pronunciando mi nombre! ¡Pobre Marguerite querida!

Y Armand, dando rienda suelta a sus pensamientos y a sus lágrimas, me tendía la mano y continuaba:

–Quien me viera lamentarme así por una muerta semejante me tomaría por un niño, pero es que nadie sabe cuánto he hecho sufrir a esa mujer, lo cruel que he sido, lo buena y resignada que ha sido ella. Creía que era yo quien tenía que perdonarla, y hoy me veo indigno del perdón que ella me otorga. ¡Oh, daría diez años de mi vida por poder llorar una hora a sus pies!

Siempre es difícil consolar un dolor que no se conoce, y sin embargo sentía tan viva simpatía por aquel joven, me confiaba con tal franqueza su pena, que creí que mis palabras no le resultarían indiferentes y le dije:

–¿No tiene usted parientes o amigos? Tenga confianza, vaya a verlos, y ellos lo consolarán, pues yo no puedo hacer más que compadecerlo.

–Es natural –dijo, levantándose y paseándose a grandes pasos por mi habitación–, estoy aburriéndolo. Perdóneme, no me daba cuenta de que mi dolor le importa poco y de que estoy importunándolo con una cosa que ni puede ni debe interesarle nada.

–No ha interpretado usted bien mis palabras. Estoy totalmente a su disposición; sólo que siento mi incapacidad para calmar su pena. Si mi compañía y la de mis amigos pueden distraerlo; en fin, si me necesita usted para lo que sea, quiero que sepa que tendré un gran placer en poder serle grato.

–Perdón, perdón –me dijo–, el dolor exacerba las emociones. Deje que me quede unos minutos más, el tiempo justo de secarme los ojos, para que los mirones de la calle no se queden mirando como una curiosidad a este mocetón que llora. Acaba usted de hacerme muy feliz dándome este libro; nunca sabré cómo agradecerle lo que le debo.

–Concediéndome un poco de su amistad –dije a Armand– y diciéndome la causa de su pena. Contando los sufrimientos se consuela uno.

–Tiene usted razón; pero hoy siento tal necesidad de llorar que no le diría más que palabras sin sentido. Otro día le haré partícipe de esta historia y ya verá usted si tengo razón para echar de menos a la pobre chica. Y ahora –añadió, frotándose los ojos por última vez y mirándose en el espejo–, dígame que no le parezco excesivamente necio y permítame que vuelva a verlo otra vez.

La mirada del joven era bondadosa y dulce; estuve a punto de abrazarlo.

En cuanto a él, sus ojos comenzaban de nuevo a velarse de lágrimas; vio que yo me daba cuenta y desvió la mirada.

–Vamos –le dije–. ¡Ánimo!

–Adiós –me dijo entonces.

Haciendo un esfuerzo inaudito por no llorar, más que salir, huyó de mi casa.

Levanté el visillo de mi ventana y lo vi subir al cabriolé que lo esperaba a la puerta; pero, en cuanto estuvo dentro, se deshizo en lágrimas y ocultó su rostro en el pañuelo.

Capítulo 5

Pasó bastante tiempo sin que oyera hablar de Armand, pero en cambio hubo muchas ocasiones de tratar de Marguerite.

No sé si lo han notado ustedes, pero basta que el nombre de una persona, que parecía que iba a seguir siéndonos desconocida o por lo menos indiferente, se pronuncie una vez ante nosotros, para que alrededor de ese nombre vayan agrupándose poco a poco una serie de detalles y oigamos a todos nuestros amigos hablar con nosotros de algo de lo que antes nunca habíamos conversado. Entonces descubrimos que esa persona casi estaba tocándonos y nos damos cuenta de que pasó muchas veces por nuestra vida sin ser notada; encontramos en los acontecimientos que nos cuentan una coincidencia y una afinidad reales con ciertos acontecimientos de nuestra propia existencia. No era ése exactamente mi caso respecto a Marguerite, puesto que yo la había visto, me había encontrado con ella y la conocía de vista y por sus costumbres; sin embargo, desde la subasta su nombre llegó tan frecuentemente a mis oídos y, en la circunstancia que he dicho en el capítulo anterior, su nombre se halló mezclado con una tristeza tan profunda que creció mi asombro, aumentando mi curiosidad.

De ello resultó que ya no abordaba a mis amigos, a los que nunca antes había hablado de Marguerite, sino diciéndoles:

–¿Conoció usted a una tal Marguerite Gautier?

–¿La *Dama de las Camelias*?

–Exactamente.

–¡Mucho!

Aquellos «¡Mucho!» a veces iban acompañados de sonrisas incapaces de dejar lugar a dudas acerca de su significado.

–Y bien, ¿cómo era aquella chica[1]? –continuaba yo.

–Pues una buena chica.

–¿Eso es todo?

–¡Santo Dios! ¿Pues qué quiere que sea? Con más inteligencia y quizá con un poco más de corazón que las otras.

–¿No sabe usted nada de particular sobre ella?

–Arruinó al barón de G***.

–¿Sólo?

–Fue la amante del viejo duque de...

–¿Era de verdad su amante?

–Eso dicen: en todo caso, él le daba mucho dinero.

Siempre los mismos detalles generales.

Sin embargo, sentía curiosidad por conocer algo acerca de la relación de Marguerite con Armand.

Un día me encontré con uno de esos tipos que viven continuamente en la intimidad de las mujeres conocidas. Le pregunté:

–¿Conoció usted a Marguerite Gautier?

Me respondió con el mismo «mucho» de siempre.

–¿Qué clase de chica era?

–Una buena chica. Y guapa. Su muerte me ha causado una gran pena.

–¿No tuvo un amante llamado Armand Duval?

1. En esta novela la palabra francesa *fille* tiene en general una extensión que no posee habitualmente la española «chica».

–¿Un rubio alto?

–Sí.

–Es cierto.

–¿Cómo era ese Armand?

–Creo que era un chaval que se comió con ella lo poco que tenía y que se vio obligado a dejarla. Dicen que estaba loco por ella.

–¿Y ella?

–Según dicen, también ella lo quería mucho, pero como suelen amar esas chicas. No hay que pedirles más de lo que pueden dar.

–¿Qué ha sido de Armand?

–Lo ignoro. Nosotros lo conocíamos poco. Estuvo cinco o seis meses con Marguerite, pero en el campo. Cuando ella regresó, él se fue.

–¿Y no ha vuelto usted a verlo desde entonces?

–Nunca.

Tampoco yo había vuelto a ver a Armand. Llegué a preguntarme si, cuando se presentó en mi casa, la noticia reciente de la muerte de Marguerite no había exagerado su amor de antaño y en consecuencia su dolor, y me decía que posiblemente con la muerta había olvidado también la promesa que me hizo de venir a verme.

Tal suposición hubiera sido bastante verosímil tratándose de otro, pero en la desesperación de Armand hubo acentos sinceros, y, pasando de un extremo a otro, me imaginaba que su pena se había convertido en enfermedad y que, si no tenía noticias suyas, era porque estaba enfermo o quién sabe si muerto.

No podía dejar de interesarme por aquel hombre. Quizá en mi interés había algo de egoísmo; quizá bajo aquel dolor había vislumbrado una conmovedora historia de amor, o quizá mi deseo de conocerla se debía en buena parte a lo preocupado que me tenía el silencio de Armand.

Puesto que el señor Duval no volvía a mi casa, decidí ir yo a la suya. No era difícil encontrar un pretexto. Por desgracia, no sabía su dirección, y de todos los que pregunté ninguno supo decírmela.

Me dirigí a la calle de Antin. Tal vez el portero de Marguerite supiera dónde vivía Armand. Era un portero nuevo. Lo ignoraba como yo. Pregunté entonces por el cementerio donde había sido enterrada la señorita Gautier. Era el cementerio de Montmartre.

Había llegado abril, hacía buen tiempo, las tumbas ya no tendrían ese aspecto doloroso y desolado que les da el invierno; en fin, hacía ya bastante calor para que los vivos se acordasen de los muertos y los visitaran. Me dirigí al cementerio, diciéndome: «Con sólo ver la tumba de Marguerite, sabré si el dolor de Armand subsiste aún y quizá me entere de lo que ha sido de él».

Entré en la casilla del guarda y le pregunté si el 22 de febrero no había sido enterrada en el cementerio de Montmartre una mujer llamada Marguerite Gautier.

El hombre hojeó un grueso libro, donde están inscritos y numerados todos los que entran en aquel último asilo, y me respondió que, en efecto, el 22 de febrero a mediodía había sido inhumada una mujer de ese nombre.

Le rogué que me condujera a su tumba, pues sin cicerone no hay forma de orientarse en esa ciudad de los muertos, que tiene sus calles como la ciudad de los vivos. El guarda llamó a un jardinero y le dio las indicaciones necesarias, pero él lo interrumpió diciendo:

–Ya sé, ya sé... ¡Oh, es una tumba bien fácil de encontrar! –continuó, volviéndose hacia mí.

–¿Por qué? –le dije yo.

–Porque tiene flores muy diferentes a las otras.

–¿Es usted quien cuida de ella?

–Sí, señor, y ya me gustaría a mí que todos los familiares se preocuparan por sus difuntos lo mismo que el joven que me ha encargado de ella.

Después de dar algunas vueltas, el jardinero se detuvo y me dijo:

–Ya hemos llegado.

En efecto, ante mis ojos tenía un cuadrado de flores que nadie hubiera tomado por una tumba, si un mármol blanco con un nombre encima no lo testificara.

El mármol estaba colocado verticalmente, un enrejado de hierro limitaba el terreno comprado, y el terreno estaba cubierto de camelias blancas.

–¿Qué le parece? –me dijo el jardinero.

–Muy hermoso.

–Y cada vez que una camelia se marchita, tengo orden de renovarla.

–¿Y quién se lo ha mandado?

–Un joven que lloró mucho la primera vez que vino; un ex[2] de la muerta sin duda, pues parece que era un poco ligera de cascos. Dicen que era muy guapa. ¿La conoció el señor?

–Sí.

–Como el otro –me dijo el jardinero con una maliciosa sonrisa.

–No, yo nunca hablé con ella.

---

2. En la traducción se pierde inevitablemente el juego de palabras: «Un *jeune* homme... un *ancien* à la morte». La oposición joven/viejo subyacente en el doble sentido desaparecería aun traduciendo «un antiguo amante de la muerta», que por su excesiva longitud es mucho menos eficaz.

–Y viene usted a verla aquí; es muy amable por su parte, pues los que vienen a ver a la pobre chica no causan atascos en el cementerio.

–¿Entonces no viene nadie?

–Nadie, excepto ese joven, que ha venido una vez.

–¿Sólo una vez?

–Sí, señor.

–¿No ha vuelto desde entonces?

–No, pero volverá cuando regrese.

–¿Entonces está de viaje?

–Sí.

–¿Y sabe usted dónde está?

–Creo que ha ido a ver a la hermana de la señorita Gautier.

–¿Y qué hace allí?

–Va a pedirle autorización para exhumar a la muerta y llevarla a otro lugar.

–¿Por qué no la deja aquí?

–Ya sabe usted las ocurrencias que se tienen con los muertos. Nosotros vemos estas cosas a diario. Este terreno lo han comprado sólo por cinco años, y ese joven quiere una concesión a perpetuidad y un terreno más grande; será mejor en la parte nueva.

–¿A qué llama usted la parte nueva?

–A esos terrenos nuevos que están ahora en venta a la izquierda. Si hubieran cuidado siempre el cementerio como ahora, no habría otro igual en el mundo; pero todavía hay muchas cosas que hacer para que quede como es debido. Y además la gente es tan rara...

–¿Qué quiere usted decir?

–Quiero decir que hay gente que es orgullosa incluso aquí. Fíjese, esta señorita Gautier parece que ha sido una mujer de vida alegre, y perdone la expresión. Ahora la pobre está muerta, y de ella queda lo mismo que de las otras de las que nadie tiene nada que decir y que regamos todos los días; bueno, pues cuando los familiares de las personas que están enterradas a su lado se enteraron de quién era, ¿quiere usted creer que todo lo que se les ocurrió decir fue que se opondrían a que la enterraran aquí y que tendría que haber sitios aparte para esta clase de mujeres lo mismo que para los pobres? ¿Cuándo se ha visto esto? Me los tengo yo bien vistos a ésos: ricos rentistas que no vienen más que cuatro veces al año a visitar a sus difuntos, que les traen flores ellos mismos, ¡y mire qué flores!, que andan mirando lo que supone la conservación de quienes dicen llorar, que escriben en sus tumbas lágrimas que nunca han derramado y que vienen a poner peros por el vecindario. Mire, yo no conocía a esta señorita ni sé lo que ha hecho; bueno, pues, no sé si me creerá usted, pero la quiero a esta pobrecilla, y tengo cuidado de ella y le pongo las camelias al precio justo. Es mi muerta preferida. Mire usted, nosotros nos vemos obligados a amar a los muertos, pues tenemos tanto trabajo que casi no tenemos tiempo de amar otra cosa.

Yo miraba a aquel hombre, y algunos de mis lectores comprenderán, sin necesidad de explicárselo, la emoción que experimentaba al oírlo.

Se dio cuenta sin duda, pues continuó:

–Dicen que ha habido gente que se ha arruinado por esta chica y que tenía amantes que la adoraban; bueno, pues, cuando pienso que ni uno viene a comprarle siquiera una flor, eso sí que es curioso y triste. Y aun ésta no puede quejarse, pues tiene su tumba, y, si no hay más que uno que se acuerde de ella, él cumple por los demás. Pero tenemos aquí otras pobres chicas de la misma clase y de la misma edad que han ido a parar a la fosa común, y se me parte el corazón cuando oigo caer sus pobres cuerpos en la tierra. ¡Y una vez muertas, ni un alma se ocupa de ellas! No siempre es alegre el oficio que hacemos, sobre todo mientras nos queda un poco de corazón. ¿Qué quiere usted? Es más fuerte que yo. Tengo una hermosa hija de veinte años y, cuando traen aquí una muerta de su edad, pienso en ella y, ya sea una gran dama o una vagabunda, no puedo menos de emocionarme. Pero sin duda lo estoy aburriendo con estas historias y usted no ha venido aquí para escucharlas. Me han dicho que lo lleve a la tumba de la señorita Gautier, y aquí está. ¿Puedo servirle en alguna otra cosa?

–¿Sabe usted la dirección del señor Armand Duval? –pregunté a aquel hombre.

–Sí, vive en la calle***. O por lo menos allí es donde he ido a cobrar el precio de las flores que ve usted.

–Gracias, amigo.

Eché una última mirada a aquella tumba florida, cuyas profundidades deseaba sondear sin querer, para ver lo que había hecho la tierra con aquella hermosa criatura que le habían arrojado, y me alejé sumamente triste.

–¿Quiere usted ver al señor Duval? –prosiguió el jardinero, que iba a mi lado.

–Sí.

–Es que estoy completamente seguro de que todavía no ha vuelto; si no, ya lo habría visto por aquí.

–¿Entonces está usted convencido de que no ha olvidado a Marguerite?

–No sólo estoy convencido, sino que apostaría que su deseo de cambiarla de tumba no es más que el deseo de volver a verla.

–¿Cómo así?

–Las primeras palabras que me dijo al venir al cementerio fueron: «¿Qué podría hacer para volver a verla?». Eso no puede hacerse más que cambiándola de tumba, y ya le informé de todos los requisitos que cumplir para obtener el cambio, pues ya sabe usted que para trasladar un muerto de una tumba a otra es preciso identificarlo, y sólo la familia puede autorizar esa operación, que debe realizarse en presencia de un comisario de policía. Precisamente para conseguir esa autorización ha ido el señor Duval a ver a la hermana de la señorita Gautier, y su primera visita será evidentemente para nosotros.

Habíamos llegado a la puerta del cementerio; di las gracias una vez más al jardinero poniéndole unas monedas en la mano y me dirigí a la dirección que me había dado.

Armand no había vuelto.

Dejé una nota en su casa, rogándole que viniera a verme en cuanto llegara, o que me dijera dónde podría encontrarlo.

Al día siguiente por la mañana recibí una carta de Duval en la que me comunicaba su regreso y me rogaba que pasara por su casa, añadiendo que estaba agotado de cansancio y le era imposible salir.

Capítulo 6

Encontré a Armand en la cama.

Al verme me tendió su mano ardiente.

–Tiene usted fiebre –le dije.

–No será nada; el cansancio de un viaje rápido, eso es todo.

–¿Ha ido usted a ver a la hermana de Marguerite?

–Sí, ¿quién se lo ha dicho?

–Me he enterado. ¿Y ha conseguido usted lo que quería?

–También, pero ¿quién le ha informado de mi viaje y del objetivo que perseguía al hacerlo?

–El jardinero del cementerio.

–¿Ha visto usted la tumba?

Apenas si me atrevía a responder, pues el tono de aquella frase me demostraba que quien la había pronunciado seguía presa de la emoción de que yo había sido testigo, y que, cada vez que su pensamiento o la palabra de otro le recordara aquel doloroso tema, tal emoción traicionaría durante mucho tiempo su voluntad.

Me limité, pues, a responder con un movimiento de cabeza.

–¿La ha cuidado bien? –continuó Armand.

Dos gruesas lágrimas rodaron por las mejillas del enfermo, que volvió la cabeza para ocultármelas. Hice como que no las veía e intenté cambiar de conversación.

–Hace ya tres semanas que se marchó usted –le dije.

Armand se pasó la mano por los ojos y me respondió:

–Tres semanas justas.

–Ha sido un viaje largo.

–¡No crea que he estado viajando todo el tiempo! Estuve quince días enfermo; si no, hace tiempo que hubiera regresado; pero en cuanto llegué allí la fiebre se apoderó de mí y me he visto obligado a guardar cama.

–Y ha vuelto usted sin estar bien curado.

–Si me hubiera quedado ocho días más en aquel pueblo, me habría muerto.

–Pero, ahora que ya está usted de vuelta, tiene que cuidarse; sus amigos vendrán a verlo. Y yo el primero, si usted me lo permite.

–Voy a levantarme dentro de dos horas.

–¡Qué imprudencia!

–Es preciso.

–¿Qué tiene usted que hacer que corra tanta prisa?

–Tengo que ir a ver al comisario de policía.

–¿Por qué no encarga a alguien que haga esa gestión que puede ponerlo a usted peor?

–Es lo único que puede curarme. Tengo que verla. Llevo sin dormir desde que me enteré de su muerte, y sobre todo desde que vi su tumba. No puedo hacerme a la idea de que esa mujer, a quien abandoné tan joven y tan bella, esté muerta. Tengo que cerciorarme por mí mismo. Tengo que ver lo que ha hecho Dios con aquel ser que tanto amé, y quizá el asco del espectáculo reemplace la desesperación del recuerdo. Me acompañará usted, ¿verdad? Si es que no le molesta demasiado...

–¿Qué le ha dicho su hermana?

–Nada. Pareció muy sorprendida de que un extraño quisiera comprar un terreno y mandar hacer una tumba para Marguerite y en seguida me firmó la autorización que le pedía.

–Hágame caso, espere a estar bien curado para hacer ese traslado.

–¡Oh, seré fuerte, no se preocupe! Además, voy a volverme loco si no acabo lo antes posible con esta resolución, cuyo cumplimiento se ha convertido en una necesidad para mi dolor. Le juro que no podré estar tranquilo hasta que haya visto a Marguerite. Tal vez sea una sed de la fiebre que me abrasa, un sueño de mis insomnios, un resultado de mi delirio; pero, aunque después de verla tenga que hacerme trapense como el señor Rancé[1], la veré.

–Lo comprendo –dije a Armand– y estoy a su disposición. ¿Ha visto a Julie Duprat?

–Sí. Oh, la vi ya el mismo día de mi primer regreso.

–¿Le ha entregado los papeles que Marguerite le dejó para usted?

–Aquí están.

Armand sacó un rollo de papel de debajo de su almohadón y volvió a colocarlo inmediatamente.

–Me sé de memoria lo que contienen estos papeles –me dijo–. Llevo tres semanas leyéndolos diez veces al día. También usted los leerá, pero más tarde, cuando yo esté más tranquilo y pueda hacerle comprender todo el corazón y el amor que revela esta confesión. De momento tengo que pedirle un favor.

---

1. Armand Jean Le Boutillier de Rancé (1626-1700), descendiente de una antigua familia bretona, fue encaminado por su padre a la «carrera» eclesiástica, con tan buena fortuna que a los nueve años recibió la tonsura, y a los once ya era canónigo de Notre-Dame de París, abad de la Trapa, amén de otros beneficiados no poco sustanciosos. Ello no le impidió llevar una vida alegre y escandalosa, hasta que la muerte de la duquesa de Montbazon (1657) y la del duque de Orleans (1660) lo impresionaron tan vivamente que cambió de vida, ingresó en la Trapa e hizo una reforma tan severa que llegó a ser acusado de jansenista. Dejó varias obras de espiritualidad.

–¿Cuál?

–¿Tiene un coche abajo?

–Sí.

–Bueno, ¿quiere usted coger mi pasaporte e ir a la lista de correos a ver si hay alguna carta para mí? Mi padre y mi hermana me habrán escrito a París, y yo me marché con tal precipitación que no tuve tiempo de ir a preguntar antes de mi marcha. Cuando vuelva, iremos juntos a avisar al comisario de policía para la ceremonia de mañana.

Armand me entregó su pasaporte y me dirigí a la calle Jean-Jacques Rousseau.

Había dos cartas a nombre de Duval, las cogí y volví.

Cuando llegué, Armand ya estaba vestido y preparado para salir.

–Gracias –me dijo, cogiendo las cartas–. Sí –añadió después de haber mirado los remites–, sí, son de mi padre y de mi hermana. No deben de entender el porqué de este silencio.

Abrió las cartas, y más que leerlas las adivinó, pues tenían cuatro páginas cada una y al cabo de un instante ya las había doblado.

–Vámonos –me dijo–, ya contestaré mañana.

Fuimos a ver al comisario de policía, a quien Armand entregó el poder de la hermana de Marguerite.

El comisario le dio a cambio una orden de aviso para el guarda del cementerio; convinimos en que el traslado tendría lugar al día siguiente a las diez de la mañana, que yo iría a recogerlo una hora antes y que iríamos al cementerio los dos juntos.

También yo sentía curiosidad por asistir a aquel espectáculo y confieso que no dormí en toda la noche.

A juzgar por los pensamientos que me asaltaron a mí, debió de ser una larga noche para Armand.

Cuando al día siguiente a las nueve de la mañana entré en su casa, estaba horriblemente pálido, pero parecía tranquilo.

Me sonrió y me tendió la mano.

Las velas estaban totalmente consumidas y, antes de salir, Armand cogió una carta muy gruesa, dirigida a su padre y confidente sin duda de sus impresiones de aquella noche.

Media hora después llegábamos a Montmartre. El comisario estaba ya esperándonos.

Nos encaminamos lentamente en dirección a la tumba de Marguerite. El comisario iba delante, y Armand y yo lo seguíamos a unos pasos.

De cuando en cuando sentía estremecerse convulsivamente el brazo de mi compañero, como si un escalofrío le corriera de pronto por el cuerpo. Entonces yo lo miraba; él comprendía mi mirada y me sonreía, pero desde que salimos de su casa no habíamos cruzado una palabra.

Un poco antes de llegar a la tumba Armand se detuvo para enjugarse el rostro, inundado de gruesas gotas de sudor.

Aproveché aquel alto para respirar, pues también yo tenía el corazón oprimido como en un torno.

¿De dónde procede ese doloroso placer que experimentamos ante esta clase de espectáculos? Cuando llegamos a la tumba, el jardinero había retirado todos los tiestos, habían quitado el enrejado de hierro y dos hombres cavaban la tierra.

Armand se apoyó contra un árbol y miró.

Toda su vida parecía estar concentrada en sus ojos.

De pronto, uno de los picos rechinó contra una piedra.

Al oír aquel ruido, Armand retrocedió como ante una conmoción eléctrica, y me apretó la mano con tal fuerza que me hizo daño.

Un sepulturero cogió una ancha pala y vació poco a poco la fosa; luego, cuando no quedaron más que las piedras que cubrían el ataúd, las arrojó fuera una por una.

Yo observaba a Armand, pues temía que en cualquier instante sus emociones, visiblemente contenidas, acabaran por destrozarlo; pero él seguía mirando, tenía los ojos fijos y abiertos como en un acceso de locura, y sólo un ligero temblor de las mejillas y los labios demostraba que era presa de una violenta crisis nerviosa.

De mí sólo puedo decir que lamentaba haber venido.

Cuando el ataúd quedó descubierto del todo, el comisario dijo a los sepultureros:

–Abran.

Los hombres obedecieron como si fuera la cosa más natural del mundo.

El ataúd era de roble, y se pusieron a desatornillar la pared superior, que hacía de tapa. La humedad de la tierra había oxidado los tornillos y no sin esfuerzos abrieron el ataúd. Un olor infecto salió de él, a pesar de las plantas aromáticas de que estaba sembrado.

–¡Oh, Dios mío, Dios mío! –murmuró Armand y palideció aún más.

Hasta los sepultureros retrocedieron.

Un gran sudario blanco cubría el cadáver, dibujando algunas de sus sinuosidades. El sudario estaba casi completamente comido por un extremo y dejaba pasar un pie de la muerta.

Yo estaba a punto de sentirme mal, y aún en el momento en que escribo estas líneas el recuerdo de aquella escena se me aparece en toda su imponente realidad.

–Démonos prisa –dijo el comisario.

Entonces uno de los dos hombres extendió la mano, se puso a descoser el sudario y, agarrándolo por un extremo, descubrió bruscamente el rostro de Marguerite.

Era terrible de ver, es horrible de contar.

Los ojos eran sólo dos agujeros, los labios habían desaparecido y los blancos dientes estaban apretados unos contra otros. Los largos cabellos, negros y secos, estaban pegados a las sienes y velaban un poco las cavidades verdes de las mejillas, y sin embargo en aquel rostro reconocí el rostro blanco, rosa y alegre que con tanta frecuencia había visto.

Armand, sin poder apartar su mirada de aquella cara, se había llevado el pañuelo a la boca y lo mordía.

Yo sentí como si un cerco de hierro me oprimiera la cabeza, un velo cubrió mis ojos, los oídos me zumbaron, y lo único que pude hacer fue abrir un frasco que había llevado por si acaso y aspirar fuertemente las sales que contenía.

En medio de aquel deslumbramiento oí al comisario decir al señor Duval:

–¿La reconoce usted?

–Sí –respondió sordamente el joven.

–Pues cierren y llévenselo –dijo el comisario.

Los sepultureros volvieron a extender el sudario sobre el rostro de la muerta, cerraron el ataúd, lo cogieron cada uno de un lado y se dirigieron hacia el lugar que les habían designado. Armand no se movía. Sus ojos estaban clavados en aquella fosa vacía; estaba pálido como el cadáver que acabábamos de ver... Parecía petrificado.

Comprendí lo que iba a pasar cuando el dolor disminuyera por la ausencia del espectáculo y en consecuencia dejara de sostenerlo.

Me acerqué al comisario.

–¿Es necesaria aún la presencia del señor? –le dije, señalando a Armand.

–No –me respondió–, e incluso le aconsejo que se lo lleve de aquí porque parece enfermo.

–Venga –dije entonces a Armand, tomándolo del brazo.

–¿Qué? –dijo, mirándome como si no me conociera.

–Ya se ha terminado –añadí–. Tiene usted que irse, amigo mío: está usted pálido, tiene frío y va a matarse con estas emociones.

–Tiene usted razón, vámonos –contestó maquinalmente, pero sin dar un paso.

Entonces lo cogí por el brazo y tiré de él.

Se dejó conducir como un niño, murmurando solamente de cuando en cuando:

–¿Ha visto usted los ojos?

Y se volvía, como si aquella visión lo hubiera llamado.

Sin embargo, su paso se hizo irregular; parecía avanzar sólo a sacudidas, le castañeteaban los dientes, tenía las manos frías y una violenta agitación nerviosa estaba apoderándose de toda su persona.

Le hablé, pero no me respondió.

Todo lo que podía hacer era dejarse llevar.

A la puerta encontramos un coche. No pudo llegar más a tiempo.

No hizo más que sentarse cuando aumentaron los estremecimientos y tuvo un verdadero ataque de nervios, en medio del cual el miedo de asustarme le hacía murmurar, apretándome la mano:

–No es nada, no es nada, quisiera llorar.

Y oí dilatarse su pecho, y la sangre se le subía a los ojos, pero las lágrimas no llegaban.

Le hice aspirar el frasco que me había servido a mí, y, cuando llegamos a su casa, sólo los estremecimientos se manifestaban aún.

Con ayuda del criado lo acosté, mandé encender un buen fuego en su habitación y corrí a buscar a mi médico, a quien le conté lo que acababa de pasar.

Acudió a toda prisa.

Armand estaba púrpura, deliraba, balbuceaba palabras incoherentes, entre las que sólo el nombre de Marguerite se entendía con claridad.

–¿Qué tiene? –dije al doctor cuando hubo examinado al enfermo.

–Pues tiene una fiebre cerebral, ni más ni menos; y es una suerte, pues creo, y Dios me perdone, que se habría vuelto loco. Por suerte, la enfermedad física acabará con la enfermedad moral y dentro de un mes quizá se habrá librado de las dos.

Capítulo 7

Las enfermedades como la que había cogido Armand tienen la ventaja de que o matan en el acto o se dejan vencer rápidamente.

Quince días después de los acontecimientos que acabo de contar, Armand estaba en plena convalecencia y nosotros unidos por una estrecha amistad. Apenas dejé su habitación durante todo el tiempo que duró su enfermedad.

La primavera había sembrado con profusión flores, hojas, pájaros, canciones, y la ventana de mi amigo se abría alegremente sobre el jardín, del que subían hasta él efluvios saludables.

El médico le había permitido que se levantara, y a menudo nos quedábamos charlando, sentados junto a la ventana abierta a la hora en que el sol calienta más, de doce a dos de la tarde.

Yo me guardaba muy bien de hablarle de Marguerite, temiendo siempre que ese nombre despertara tristes recuerdos adormecidos bajo la calma aparente del enfermo; pero Armand, por el contrario, parecía complacerse en hablar de ella, no ya como otras veces, con lágrimas en los ojos, sino con una dulce sonrisa que me tranquilizaba respecto a su estado de ánimo.

Noté que desde su última visita al cementerio, desde el espectáculo que desencadenó en él aquella crisis violenta, parecía que la enfermedad había colmado las medidas del dolor moral y que la muerte de Marguerite ya no se le aparecía bajo el aspecto del pasado. De aquella certeza adquirida había resultado una especie de consolación, y, para arrojar la imagen sombría que a menudo se le representaba, se abismaba en los recuerdos felices de su relación con Marguerite y no parecía querer aceptar ninguno más.

Estaba el cuerpo demasiado agotado por el alcance e incluso por la curación de la fiebre para permitir al espíritu una emoción violenta, y la alegría primaveral y universal que rodeaba a Armand transportaba sin querer su pensamiento hacia imágenes risueñas.

Se había negado siempre obstinadamente a comunicar a su familia el peligro que corría y, cuando ya estuvo a salvo, su padre ignoraba todavía su enfermedad.

Una tarde nos quedamos a la ventana hasta más tarde que de costumbre. Había hecho un día magnífico, y el sol se dormía en un crepúsculo resplandeciente de azul y oro. Aunque estábamos en París, el verdor que nos rodeaba parecía aislarnos del mundo, y apenas si de cuando en cuando el ruido de un coche turbaba nuestra conversación.

–Fue aproximadamente por esta época del año y en la tarde de un día como éste cuando conocí a Marguerite –me dijo Armand, escuchando sus propios pensamientos y no lo que yo le decía.

No respondí nada.

Entonces se volvió hacia mí y me dijo:

–De todos modos, tengo que contarle esta historia. Escribirá usted un libro con ella, que nadie creerá, pero que quizá sea interesante de escribir.

–Ya me lo contará otro día, amigo mío –le dije–, aún no está usted bueno del todo.

–La noche es cálida, y me he comido mi pechuga de pollo –me dijo sonriendo–. No tengo fiebre, no tenemos nada que hacer, así que voy a decírselo todo.

–Si se empeña usted, le escucho.

–Es una historia muy sencilla –añadió entonces–, y se la voy a contar siguiendo el orden de los acontecimientos. Si algún día hace algo con ella, es usted libre de contarla como quiera.

Esto es lo que me refirió, y apenas si he cambiado unas palabras de aquel conmovedor relato[1]:

¡Sí –prosiguió Armand, dejando caer la cabeza sobre el respaldo del sillón–, sí, fue en una noche como ésta! Había pasado el día en el campo con mi amigo Gaston R***. Al atardecer volvimos a París y, sin saber qué hacer, entramos en el teatro Variétés.

Salimos durante un entreacto, y en el pasillo nos cruzamos con una mujer alta, a quien mi amigo saludó.

–¿Quién es ésa a quien ha saludado usted? –le pregunté.

–Marguerite Gautier –me dijo.

–Me parece que está muy cambiada, pues no la he conocido –dije con una emoción que en seguida comprenderá usted.

1. Aquí empieza el segundo gran bloque narrativo: la historia de las relaciones entre Armand y Marguerite, contada por el propio Armand. Para facilitar la percepción de la estructura de la novela, se ha compuesto en un cuerpo de letra mayor. Este bloque, el más extenso de los tres, sólo será interrumpido al comienzo del capítulo 11 (p. 106), momento que aprovecha el primer narrador para indicar el transcurso del tiempo.

–Ha estado enferma; la pobre chica no irá muy lejos.

Recuerdo estas palabras como si me las hubieran dicho ayer.

Ha de saber usted, amigo mío, que hacía dos años que, siempre que me encontraba con aquella chica, su vista me causaba una extraña impresión.

Sin saber por qué, me ponía pálido y mi corazón latía violentamente. Tengo un amigo que se dedica a las ciencias ocultas y que llamaría a lo que yo experimentaba afinidad de fluidos; yo creo simplemente que estaba destinado a enamorarme de Marguerite y que lo presentía.

El caso es que me causaba una impresión real, que varios de mis amigos fueron testigos de ello y que se rieron no poco al identificar a quien me ocasionaba aquella impresión.

La primera vez que la vi fue en la plaza de la Bourse, a la puerta de Susse. Una calesa descubierta se paró allí y de ella bajó una mujer vestida de blanco. Un murmullo de admiración acogió su entrada en la tienda. De mí sé decir que me quedé clavado en el sitio desde que entró hasta que salió. A través de los cristales la miraba escoger en la boutique lo que había ido a comprar. Habría podido entrar, pero no me atreví. No sabía quién era aquella mujer y temí que adivinara el motivo de mi entrada en la tienda y se ofendiera. Sin embargo, no me creí llamado a volver a verla.

Iba elegantemente vestida; llevaba un vestido de muselina rodeado de volantes, un chal de la India cuadrado con los ángulos bordados de oro y flores de seda, un sombrero de paja de Italia y una sola pulsera: una gruesa cadena de oro que empezaba a ponerse de moda por aquella época.

Volvió a subir a la calesa y se fue.

Uno de los dependientes de la tienda se quedó a la puerta, siguiendo con los ojos el coche de la elegante compradora. Me acerqué a él y le rogué que me dijera el nombre de aquella mujer.

–Es la señorita Marguerite Gautier –me respondió.

No me atreví a preguntarle la dirección y me alejé.

El recuerdo de aquella visión, pues fue una verdadera visión, se me quedó grabado en la mente como muchos otros que ya había tenido, y empecé a buscar por todas partes a aquella mujer blanca tan soberanamente bella.

Pocos días después tuvo lugar una gran representación en la Ópera Cómica. Fui a ella. La primera persona que vi en un palco proscenio del anfiteatro fue a Marguerite Gautier.

El joven con quien yo estaba también la conoció, pues me dijo nombrándola:

–Fíjese qué chica más bonita.

En aquel momento Marguerite dirigía sus gemelos hacia nosotros; vio a mi amigo, le sonrió y le hizo una seña para que fuera a visitarla.

–Voy a saludarla –me dijo– y vuelvo dentro de un momento.

No pude dejar de decirle:

–¡Qué suerte tiene usted!

–¿Por qué?

–Por ir a ver a esa mujer.

–¿Está usted enamorado de ella?

–No –dije, enrojeciendo, pues realmente no sabía a qué atenerme al respecto–, pero sí que me gustaría conocerla.

–Pues venga conmigo, yo le presentaré.

–Pídale permiso primero.

–¡Pardiez! Con ella no hay que andarse con tantos remilgos, venga.

Aquellas palabras me dieron pena. Temblaba ante la idea de adquirir la certeza de que Marguerite no mereciera lo que experimentaba por ella.

En un libro de Alphonse Karr, titulado *Am Rauchen*, hay un hombre que sigue por la noche a una mujer muy elegante y tan hermosa que se ha enamorado de ella a la primera. Con tal de besar la mano de aquella mujer, se siente con fuerzas para emprenderlo todo, con voluntad para conquistarlo todo y con ánimo para hacerlo todo. Apenas si se atreve a mirar el coqueto tobillo que ella enseña al levantarse el vestido para que no se manche al tocar el suelo. Mientras va soñando en todo lo que sería capaz de hacer por poseer a aquella mujer, ella lo detiene en la esquina de una calle y le pregunta si quiere subir a su casa.

Él vuelve la cabeza, atraviesa la calle y regresa muy triste a casa.

Recordaba este estudio, y yo, que habría querido sufrir por aquella mujer, temía que me aceptara excesivamente deprisa y me concediera excesivamente pronto un amor que yo hubiera querido pagar con una larga espera o un gran sacrificio. Los hombres somos así, y es una suerte que la imaginación deje esta poesía a los sentidos y que los deseos del cuerpo hagan esta concesión a los sueños del alma.

En fin, si me hubieran dicho: «Esta mujer será suya esta noche, y mañana lo matarán», habría aceptado. Si me hubieran dicho: «Deme diez luises, y será usted su amante», me habría negado y habría llorado como un niño que ve desvanecerse al despertar el castillo entrevisto por la noche.

Sin embargo, quería conocerla. Era una manera, e incluso la única, de saber a qué atenerme con ella.

Le dije, pues, a mi amigo que tenía mucho interés en que ella le diera permiso para presentarme, y empecé a dar vueltas por los pasillos, imaginándome que desde aquel momento iba a verme y que no sabría qué actitud adoptar bajo su mirada.

Traté de hilvanar de antemano las palabras que iba a decirle. ¡Qué sublime niñería la del amor!

Un instante después mi amigo volvió a bajar.

–Nos espera –me dijo.

–¿Está sola? –pregunté.

–Con otra mujer.

–¿No hay hombres?

–No.

–Vamos.

Mi amigo se dirigió hacia la puerta del teatro.

–Eh, que no es por ahí –le dije.

–Vamos a comprar unos bombones. Me los ha pedido.

Entramos en una confitería del pasaje de la Ópera.

Yo hubiera querido comprar toda la tienda, y hasta me preguntaba de qué podíamos llenar la bolsa, cuando mi amigo pidió:

–Una libra de uvas escarchadas.

–¿Sabe usted si le gustan?

–Todo el mundo sabe que sólo come bombones de esos. Ah –continuó cuando hubimos salido–, ¿sabe usted a qué clase de mujer voy a presentarlo? No vaya a figurarse que es una duquesa, es simplemente una entretenida, y de lo más entretenida, querido amigo; así que no se ande con remilgos y diga todo lo que se le ocurra.

–Bueno, bueno –balbuceé, y lo seguí, diciéndome que iba a curarme de mi pasión.

Cuando entré en el palco, Marguerite reía a carcajadas.

Yo hubiera querido que estuviera triste.

Mi amigo me presentó. Marguerite me hizo una ligera inclinación de cabeza y dijo:

–¿Y mis bombones?

–Aquí están.

Al cogerlos, me miró. Bajé los ojos y enrojecí.

Se inclinó al oído de su vecina, le dijo unas palabras en voz baja y ambas rompieron a reír.

Con toda seguridad era yo la causa de aquella hilaridad; mi confusión aumentó. Por aquella época tenía yo por amante a una burguesita muy tierna y sentimental, cuyo sentimiento y melancólicas cartas me hacían reír. Comprendí el daño que debía de hacerle por el que yo experimentaba, y durante cinco minutos la quise como nadie ha querido nunca a una mujer.

Marguerite comía las uvas sin preocuparse de mí.

Mi introductor no quiso dejarme en aquella ridícula posición.

–Marguerite –dijo–, no se extrañe de que el señor Duval no le diga nada, pero es que lo tiene usted tan turbado que no acierta a decir una palabra.

–Más bien creo yo que el señor lo ha acompañado aquí porque a usted lo aburría venir solo.

–Si eso fuera cierto –dije yo entonces–, no habría rogado a Ernest que le pidiera a usted permiso para presentarme.

–Quizá no fuera más que un modo de retrasar el momento fatal.

Por poco que uno haya vivido con chicas de la clase de Marguerite, sabe el placer que les causa dárselas de falsamente ingeniosas y embromar a la gente que ven por primera vez. Es sin duda un desquite por las humillaciones que a menudo se ven forzadas a sufrir por parte de los que las ven todos los días.

Así que para responderles hace falta estar un poco habituado a su mundillo, y yo no lo estaba; además, la idea que me había hecho de Marguerite me hacía exagerar sus bromas. Nada de lo que viniera de aquella mujer me resultaba indiferente.

Así que me levanté, diciéndole con una alteración de voz que me fue imposible de ocultar completamente:

–Si es eso lo que piensa usted de mí, señora, sólo me resta pedirle perdón por mi indiscreción y despedirme de usted, asegurándole que no volverá a repetirse.

A continuación, saludé y salí.

Apenas hube cerrado la puerta cuando oí la tercera carcajada. Me hubiera gustado que alguien me diera un codazo en aquel momento.

Volví a mi butaca.

Avisaron que iba a levantarse el telón.

Ernest volvió a mi lado.

–¡Cómo se ha puesto usted! –me dijo al sentarse–. Creen que está usted loco.

–¿Qué ha dicho Marguerite cuando me he ido?

–Se ha reído y me ha asegurado que nunca había visto un tipo tan raro como usted. Pero no hay que darse por vencido; lo único que tiene que hacer es no tomarse a esas chicas tan en serio. No saben lo que es la elegancia ni la cortesía; es como echar perfumes a los perros: creen que huelen mal y van a revolcarse en el arroyo.

–Después de todo, ¿a mí qué me importa? –dije, intentando adoptar un tono desenvuelto–. No volveré a ver a esa mujer y, si me gustaba antes de conocerla, ha cambiado mucho la cosa ahora que la conozco.

–¡Bah! No pierdo la esperanza de verlo un día al fondo de su palco ni de oír decir que está arruinándose por ella. Además, tiene usted razón: será una maleducada, pero merece la pena tener una amante tan bonita como ella.

Por suerte, se alzó el telón y mi amigo se calló. No podría decirle lo que estaban representando. Todo lo que recuerdo es que de cuando en cuando levantaba los ojos hacia el palco que tan bruscamente había abandonado y que rostros de nuevos visitantes se sucedían allí a cada momento.

Sin embargo, me hallaba lejos de haber dejado de pensar en Marguerite. Otro sentimiento estaba apoderándose de mí. Me parecía que tenía que olvidar su insulto y mi ridículo; me decía que, aunque tuviera que gastar lo que poseía, aquella chica sería mía y ocuparía por derecho propio el sitio que tan rápidamente había abandonado.

Antes de que terminara el espectáculo, Marguerite y su amiga dejaron el palco.

Sin querer, también yo dejé mi butaca.

–¿Se va usted? –me dijo Ernest.

–Sí.

–¿Por qué?

En aquel momento se dio cuenta de que el palco estaba vacío.

–Váyase, váyase –dijo–, y buena suerte o, más bien, mejor suerte.

Salí.

En la escalera oí roces de vestidos y rumor de voces. Me aparté y, sin ser visto, vi pasar a las dos mujeres y a los dos jóvenes que las acompañaban.

Bajo el peristilo del teatro un botones se presentó ante ellas.

–Ve a decir al cochero que espere a la puerta del Café Inglés –dijo Marguerite–, iremos a pie hasta allí.

Unos minutos después, rondando por el bulevar, vi a Marguerite a la ventana de uno de los grandes reservados del restaurante: apoyada en el alféizar, deshojaba una a una las camelias de su ramo.

Uno de los dos jóvenes estaba inclinado sobre su hombro y le hablaba en voz baja.

Me fui a la Maison d'Or, me instalé en los salones del primer piso y no perdí de vista la ventana en cuestión.

A la una de la mañana Marguerite volvía a subir a su coche con sus tres amigos.

Tomé un cabriolé y la seguí.

El coche se detuvo en la calle de Antin, número 9.

Marguerite se apeó y entró sola en su casa.

Fue sin duda una casualidad, pero aquella casualidad me hizo muy dichoso.

Desde aquel día me encontré muchas veces con Marguerite en los espectáculos o en los Campos Elíseos. Ella siempre con la misma alegría, yo siempre con la misma emoción.

Sin embargo, pasaron quince días sin que volviera a verla en ningún sitio. Me encontré con Gaston y le pedí noticias de ella.

–La pobre chica está muy enferma –me respondió.

–¿Pues qué tiene?

–Tiene que está tísica y que, como la vida que ha llevado no es la más adecuada para curarse, está en la cama y se muere.

El corazón es extraño: casi me alegré de aquella enfermedad.

Todos los días iba a preguntar por la enferma, aunque sin escribir mi nombre ni dejar mi tarjeta. Así me enteré de su convalecencia y de su marcha a Bagnères.

Luego pasó el tiempo: la impresión, si no el recuerdo, pareció borrarse poco a poco de mi espíritu. Viajé; relaciones, hábitos, trabajos ocuparon el lugar de aquel pensamiento y, cuando pensaba en aquella primera aventura, no quería ver en ella más que una de esas pasiones que suele uno tener cuando es muy joven, y de que poco tiempo después se ríe uno.

Por lo demás no tenía ningún mérito triunfar de aquel recuerdo, pues había perdido de vista a Marguerite desde su marcha y, como ya le he dicho, cuando pasó a mi lado en el pasillo del Variétés, no la conocí.

Llevaba un velo, es cierto; pero, por más velos que hubiera llevado dos años antes, no habría tenido necesidad de verla para reconocerla: la habría adivinado.

Lo que no impidió que mi corazón latiera cuando supe que era ella, y los dos años pasados sin verla y los resultados que aquella separación hubiera podido ocasionar se desvanecieron en la misma humareda con el solo rozar de su vestido.

Capítulo 8

Sin embargo –continuó Armand tras una pausa–, aun comprendiendo que todavía estaba enamorado, me sentía más fuerte que entonces, y en mi deseo de volver a encontrarme con ella había también una voluntad de hacerle ver la superioridad que sobre ella había conseguido.

¡Con cuántos rodeos se anda el corazón y cuántas razones se da para llegar adonde quiere!

Así que no pude quedarme mucho tiempo en los pasillos y volví a mi sitio del patio de butacas, lanzando una ojeada rápida a la sala para ver en qué palco estaba ella.

Estaba en un palco proscenio de platea y completamente sola. Había cambiado mucho, como ya le he dicho, y ya no se veía en su boca aquella su sonrisa indiferente. Había sufrido, sufría aún.

Aunque ya estábamos en abril, todavía iba vestida como en invierno y toda cubierta de terciopelo.

La miraba tan obstinadamente que mi mirada acabó por atraer la suya.

Me observó unos instantes, tomó sus gemelos para verme mejor, y sin duda creyó reconocerme, sin poder decir positivamente quién era yo, pues, cuando volvió a dejar los gemelos, una sonrisa, ese encantador saludo de las mujeres, erró por sus labios para responder al saludo que parecía esperar de mí; pero yo no respondí, como para adquirir ventaja sobre ella y aparentar haberla olvidado cuando ella se acordaba de mí.

Creyó haberse equivocado y volvió la cabeza.

Se alzó el telón.

He visto muchas veces a Marguerite en el teatro, pero nunca la he visto prestar la menor atención a lo que se representaba.

Por lo que a mí respecta, tampoco me interesaba mucho el espectáculo, y sólo me ocupaba de ella, pero haciendo todos los esfuerzos que podía para que no se diera cuenta.

Y así la vi intercambiar miradas con la persona que ocupaba el palco frontero al suyo: dirigí los ojos hacia aquel palco y en él reconocí a una mujer con la que había tenido yo bastante trato.

Aquella mujer era una antigua entretenida que había intentado entrar en el teatro, no lo había conseguido y, valiéndose de sus relaciones con las elegantes de París, se había dedicado al comercio y había puesto una sombrerería de señoras.

Vi en ella un medio de encontrarme con Marguerite, y aproveché un momento en que miraba hacia mi lado para saludarla con la mano y con los ojos.

Sucedió lo que había previsto: me llamó a su palco.

Prudence Duvernoy –que tal era el acertado nombre de la sombrerera– era una de esas mujeres gordas de cuarenta años con las que no hace falta tener mucha diplomacia para que te digan lo que quieres saber, sobre todo cuando lo que quieres saber es tan sencillo como lo que yo tenía que preguntarle.

Aproveché un momento en que ella volvía a empezar su intercambio de señas con Marguerite para decirle:

–¿A quién está usted mirando de ese modo?

–A Marguerite Gautier.

–¿La conoce?

–Sí; soy su sombrerera, y ella es mi vecina.

–¿Entonces vive usted en la calle de Antin?

–En el número 7. La ventana de su cuarto de aseo da a la ventana del mío.

–Dicen que es una chica encantadora.

–¿No la conoce?

–No, pero me gustaría conocerla.

–¿Quiere que le diga que venga a nuestro palco?

–No, prefiero que me presente usted a ella.

–¿En su casa?

–Sí.

–Es más difícil.

–¿Por qué?

–Porque es la protegida de un viejo duque muy celoso.

–Protegida: es encantador.

–Sí, protegida –prosiguió Prudence–. El pobre viejo se vería muy apurado para ser su amante.

Prudence me contó entonces cómo Marguerite había conocido al duque en Bagnères.

–¿Por eso está aquí sola? –continué.

–Justamente.

–Pero ¿quién la acompañará?

–Él.

–¿Entonces va a venir a recogerla?

–Dentro de un momento.

–¿Y a usted quién la acompañará?

–Nadie.

–Me ofrezco.

–Pero creo que está usted con un amigo.

–Entonces nos ofrecemos los dos.

–¿Qué amigo es ése?

–Es un muchacho simpático, muy ingenioso, y que estará encantado de conocerla.

–Bueno, de acuerdo; saldremos los cuatro después de esta pieza, pues ya conozco la última.

–Con mucho gusto; voy a avisar a mi amigo.

–Hala, vaya... ¡Ah! –me dijo Prudence en el momento en que yo iba a salir–, ahí tiene al duque, que entra en el palco de Marguerite.

Miré.

En efecto, un hombre de setenta años acababa de sentarse detrás de la joven y le daba una bolsa de bombones, de la que ella en seguida sacó uno sonriendo, y luego lo alargó por encima del antepecho de su palco, haciendo a Prudence una seña que podía traducirse por:

–¿Quiere?

–No –dijo Prudence.

Marguerite recogió la bolsa y, volviéndose, se puso a charlar con el duque.

El relato de todos estos detalles parece una niñería, pero todo cuanto tenía relación con aquella chica está tan presente en mi memoria que no puedo dejar de recordarlo hoy.

Bajé para avisar a Gaston de lo que acababa de disponer para él y para mí.

Aceptó.

Dejamos nuestras butacas para subir al palco de la señora Duvernoy.

Apenas habíamos abierto la puerta del patio de butacas cuando nos vimos obligados a detenernos para dejar pasar a Marguerite y al duque, que se iban.

Hubiera dado diez años de mi vida por estar en el sitio del buen viejo.

Una vez que llegaron al bulevar, la ayudó a acomodarse en un faetón que conducía él mismo, y desaparecieron llevados al trote por dos soberbios caballos.

Entramos en el palco de Prudence.

Cuando hubo terminado la pieza, bajamos y tomamos un simple simón, que nos condujo hasta la calle de Antin, número 7. A la puerta de su casa Prudence nos invitó a subir para enseñarnos su tienda, que no conocíamos y de la que ella parecía sentirse muy orgullosa. Puede usted imaginarse la rapidez con que acepté.

Me parecía que iba acercándome poco a poco a Marguerite. Pronto conseguí que la conversación recayera sobre ella.

–¿Está el viejo duque en casa de su vecina? –dije a Prudence.

–No; ya estará sola.

–Pero entonces va a aburrirse horriblemente –dijo Gaston.

–Solemos pasar juntas casi todas las veladas, o, si no, cuando vuelve, me llama. Nunca se acuesta antes de las dos de la mañana. No puede dormirse más pronto.

–¿Por qué?

–Porque está enferma del pecho y casi siempre tiene fiebre.

–¿No tiene amantes? –pregunté.

–Nunca veo que nadie se quede cuando yo me voy, pero no puedo asegurar que no venga nadie cuando ya me he ido; con frecuencia me encuentro por la noche en su casa con un tal conde de N***, que cree ganar terreno en sus lances visitándola a las once y enviándole todas las joyas que quiera, pero ella no puede verlo ni en pintura. Comete un error, pues es un muchacho muy rico. Por más que le digo de cuando en cuando: «¡Ése es el hombre que le conviene, hija mía!», ella, que ordinariamente me hace bastante caso, me vuelve la espalda y me responde que es tonto. Estoy de acuerdo en que es tonto, pero le proporcionaría una posición, mientras que el viejo duque puede morirse cualquier día. Los ancianos son egoístas; su familia le reprocha sin cesar su afecto por Marguerite: he ahí dos razones para que no le deje nada. Yo la sermoneo, pero ella responde que siempre habrá tiempo de tomar al conde a la muerte del duque. No resulta tan divertido –continuó Prudence– vivir como ella vive. Sé que a mí eso no me iría y que bien pronto enviaría a paseo al buen señor. Es un viejo insípido; la llama hija, la cuida como a una niña, siempre anda detrás de ella. Estoy segura de que a estas horas uno de sus criados ronda la calle para ver quién sale y sobre todo quién entra.

–¡Ah, pobre Marguerite! –dijo Gaston, poniéndose al piano y tocando un vals–. Yo no sabía eso. Y sin embargo ya hacía algún tiempo que me parecía menos alegre.

–¡Chist! –dijo Prudence aguzando el oído.

Gaston dejó de tocar.

–Creo que me llama.

Escuchamos.

En efecto, una voz llamaba a Prudence.

–Hala, caballeros, váyanse –nos dijo la señora Duvernoy.

–¡Ah! –dijo Gaston riendo–, ¿es así como entiende usted la hospitalidad? Nos iremos cuando nos parezca bien.

–¿Por qué tenemos que irnos?

–Voy a ver a Marguerite.

–Esperaremos aquí.

–Eso no puede ser.

–Entonces iremos con usted.

–Menos aún.

–Yo conozco a Marguerite –dijo Gaston–, y bien puedo ir a hacerle una visita.

–Pero Armand no la conoce.

–Yo se lo presentaré.

–Es imposible.

Volvimos a oír la voz de Marguerite, que seguía llamando a Prudence.

Ésta corrió a su cuarto de aseo. La seguí hasta allí con Gaston. Abrió la ventana.

Nos escondimos de forma que no se nos viera desde fuera.

–Llevo llamándola diez minutos –dijo Marguerite desde su ventana y con un tono casi imperioso.

–¿Qué quiere?

–Quiero que venga en seguida.

–¿Por qué?

–Porque el conde de N*** está aquí todavía y me está aburriendo mortalmente.

–No puedo ir ahora.

–¿Quién se lo impide?

–Tengo en casa a dos jóvenes que no quieren irse.

–Dígales que tiene usted que salir.

–Ya se lo he dicho.

–Bueno, pues déjelos ahí; cuando la vean salir, se irán.

–¡Después de ponerlo todo patas arriba!

–¿Pero qué quieren?

–Quieren verla.

–¿Cómo se llaman?

–A uno lo conoce usted, Gaston R***.

–¡Ah, sí! Ya sé quién es. ¿Y el otro?

–Armand Duval. ¿No lo conoce?

–No; pero, ande, tráigaselos; cualquier cosa antes que el conde. Los espero, vengan en seguida.

Marguerite volvió a cerrar su ventana y Prudence la suya.

Marguerite, que por un momento se había acordado de mi rostro, no se acordaba de mi nombre. Hubiera preferido un recuerdo desfavorable antes que aquel olvido.

–Ya sabía yo –dijo Gaston– que estaría encantada de vernos.

–Encantada no es la palabra –respondió Prudence, poniéndose su chal y su sombrero–. Los recibe a ustedes para obligar al conde a que se vaya. Traten de ser más amables que él porque, si no, conozco a Marguerite y sé que se enfadará conmigo.

Seguimos a Prudence mientras bajaba.

Yo temblaba; me parecía que aquella visita iba a tener una gran influencia en mi vida.

Estaba aún más emocionado que la noche de mi presentación en el palco de la Ópera Cómica.

Al llegar a la puerta del piso que ya conoce usted, me latía con tanta fuerza el corazón que era incapaz de controlar mis pensamientos.

Hasta nosotros llegaron unos acordes de piano.

Prudence llamó.

El piano se calló.

Una mujer con aspecto de dama de compañía más que de doncella fue a abrirnos.

Pasamos al salón, y del salón al gabinete, que en aquella época estaba tal como lo vio usted después.

Un joven estaba apoyado contra la chimenea.

Marguerite, sentada ante el piano, dejaba correr sus dedos por las teclas y empezaba fragmentos que no terminaba.

Aquella escena ofrecía un cariz de aburrimiento, que en el hombre era producto de lo incómodo de su nulidad, y en la mujer, de la visita de aquel lúgubre personaje.

Al oír la voz de Prudence, Marguerite se levantó y, acercándose a nosotros tras cambiar una mirada de agradecimiento con la señora Duvernoy, nos dijo:

–Pasen, caballeros, y bienvenidos.

Capítulo 9

–Buenas noches, querido Gaston –dijo Marguerite a mi compañero–. Me alegro mucho de verlo. ¿Por qué no ha entrado usted en mi palco del Variétés?

–Temía ser indiscreto.

–Los amigos –y Marguerite hizo hincapié en esa palabra, como si quisiera dar a entender a los presentes que, pese a la familiaridad con que ella lo recibía, Gaston no era ni había sido nunca más que un amigo–, los amigos nunca son indiscretos.

–Entonces, ¿me permite usted que le presente a Armand Duval?

–Ya había autorizado a Prudence para que lo hiciera.

–Además, señora –dije entonces, inclinándome y consiguiendo a duras penas emitir sonidos inteligibles–, ya tuve el honor de serle presentado.

Los ojos encantadores de Marguerite parecieron buscar en su recuerdo, pero no recordó o pareció no recordar.

–Señora –proseguí–, le agradezco mucho que haya olvidado aquella primera presentación, pues estuve muy ridículo y debí de parecerle muy aburrido. Fue hace dos años en la Ópera Cómica; yo estaba con Ernest de ***.

–¡Ah, ya recuerdo! –repuso Marguerite con una sonrisa–. Pero no estuvo usted ridículo; fui yo la que me puse en plan bromista, como aún sigo haciendo a veces, aunque menos. ¿Me ha perdonado usted?

Me tendió su mano y yo se la besé.

–Es cierto –prosiguió–. Imagínese, tengo la mala costumbre de querer poner en aprietos a la gente que veo por primera vez. Es una estupidez. Mi médico dice que es porque soy nerviosa y estoy siempre delicada: crea a mi médico.

–Pues tiene usted muy buen aspecto.

–¡Oh, he estado muy enferma!

–Ya lo sé.

–¿Quién se lo ha dicho?

–Todo el mundo lo sabía; vine con frecuencia a preguntar por usted, y me alegré mucho cuando me enteré de su convalecencia.

–No me han entregado nunca su tarjeta.

–No la dejé nunca.

–¿No será usted el joven que venía a preguntar por mí todos los días durante mi enfermedad y que nunca quiso dejar su nombre?

–Yo soy.

–Entonces es usted más que indulgente, es generoso. Usted, conde, no hubiera hecho eso –añadió, volviéndose hacia el señor de N***, tras haberme lanzado una de esas miradas con las que las mujeres completan su opinión sobre un hombre.

–Sólo hace dos meses que la conozco –dijo el conde.

–Y el señor sólo hace cinco minutos que me conoce. No dice usted más que tonterías.

Las mujeres son despiadadas con las personas que no son de su agrado.

El conde enrojeció y se mordió los labios.

Sentí piedad de él, pues parecía estar enamorado como yo, y la dura franqueza de Marguerite debía de hacerle muy desgraciado, sobre todo en presencia de dos extraños.

–Estaba usted tocando cuando hemos entrado –dije entonces para cambiar de conversación–. ¿No quiere usted darme el gusto de tratarme como a un viejo conocido y continuar tocando?

–¡Oh! –dijo, echándose en el canapé e invitándonos con un gesto a sentarnos–. Gaston sabe perfectamente qué clase de música toco. Cuando estoy sola con el conde, vale, pero no quisiera que ustedes tuvieran que soportar semejante suplicio.

–¿Tiene usted esa preferencia por mí? –replicó el señor de N*** con una sonrisa que tenía pretensiones de ser sutil e irónica.

–Se equivoca usted al reprochármela: es la única.

Estaba decidido que aquel pobre muchacho no dijera una palabra. Lanzó a la joven una mirada realmente suplicante.

–Dígame, Prudence –continuó ella–, ¿ha hecho usted lo que le rogué?

–Sí.

–Está bien, ya me lo contará más tarde. Tenemos que charlar; no se vaya sin hablar conmigo.

–Creo que hemos sido un poco indiscretos –dije yo entonces–, y ahora que ya hemos, o mejor dicho he obtenido una segunda presentación para hacer olvidar la primera, Gaston y yo vamos a retirarnos.

–¡Ni hablar de eso! No lo he dicho por ustedes. Al contrario, quiero que se queden.

El conde sacó un reloj muy elegante y miró la hora:

–Ya es hora de que me vaya al club –dijo.

Marguerite no respondió.

El conde se separó entonces de la chimenea y, dirigiéndose a ella, dijo:

–Adiós, señora.

Marguerite se levantó.

–Adiós, querido conde, ¿ya se va usted?

–Sí, me temo que estoy aburriéndola.

–No me aburre usted hoy más que otros días. ¿Cuándo volveremos a verlo?

–Cuando usted me lo permita.

–¡Entonces, adiós!

Reconocerá usted que aquello era cruel.

Por suerte, el conde tenía muy buena educación y un carácter excelente. Se contentó con besar la mano que Marguerite le tendía con no poca indolencia y salió tras habernos saludado.

En el momento en que franqueaba la puerta miró a Prudence.

Ésta se encogió de hombros con un aire que parecía significar: «¿Qué quiere usted? He hecho todo lo que he podido».

–¡Nanine! –gritó Marguerite–. Alumbra al señor conde.

Oímos abrir y cerrar la puerta.

–¡Por fin se ha ido! –exclamó Marguerite, volviendo a aparecer–. Ese muchacho me pone los nervios de punta.

–Hija mía –dijo Prudence–, hay que ver lo mala que es usted con él, con lo bueno y atento que es él con usted. Sin ir más lejos, ahí tiene en la chimenea ese reloj que le ha dado, y que estoy segura de que le ha costado mil escudos por lo menos.

Y la señora Duvernoy, que se había acercado a la chimenea, jugueteaba con la joya de que hablaba mientras le lanzaba miradas codiciosas.

–Amiga mía –dijo Marguerite, sentándose al piano–, cuando sopeso por un lado lo que me da y por otro lo que me dice, aún me parece que sus visitas le salen baratas.

–El pobre muchacho está enamorado de usted.

–Si tuviera que escuchar a todos los que están enamorados de mí, ni siquiera tendría tiempo para cenar.

Y dejó correr sus dedos por el piano, tras lo cual, volviéndose hacia nosotros, nos dijo:

–¿Quieren tomar algo? Yo bebería con gusto un poco de ponche.

–Y yo comería con gusto un poco de pollo –dijo Prudence–. ¿Y si cenáramos?

–Eso es, vámonos a cenar –dijo Gaston.

–No, vamos a cenar aquí.

Llamó. Apareció Nanine.

–Di que vayan a buscar algo de cenar.

–¿Qué hay que traer?

–Lo que quieras, pero en seguida, en seguida.

Nanine salió.

–Eso es –dijo Marguerite, saltando como una niña–, vamos a cenar. ¡Mira que es aburrido ese imbécil del conde!

Cuanto más veía a aquella mujer, más me encantaba. Era hermosa hasta dejarlo de sobra. Incluso su delgadez era una gracia.

Yo la contemplaba arrobado.

Apenas puedo explicar lo que me ocurría. Me sentía lleno de indulgencia hacia su vida, lleno de admiración por su belleza. La prueba de desinterés que daba no aceptando a un hombre joven, elegante y rico, dispuesto a arruinarse por ella, excusaba a mis ojos todas sus faltas pasadas.

Había en aquella mujer algo como una especie de candor.

Se veía que aún estaba en la virginidad del vicio. Su paso seguro, su talle flexible, las ventanillas de su nariz rosadas y abiertas, sus grandes ojos ligeramente circundados de azul, denotaban una de esas naturalezas ardientes que esparcen a su alrededor un perfume de voluptuosidad, como esos frascos de Oriente que, por bien cerrados que estén, dejan escapar el perfume del licor[1] que contienen.

1. En el sentido amplio de «sustancia líquida». También así está utilizada la palabra francesa *liqueur*.

En fin, fuera por naturaleza, fuera consecuencia de su estado enfermizo, de cuando en cuando pasaban por los ojos de aquella mujer destellos de deseo cuya expansión hubiera sido una revelación del cielo para quien ella hubiera amado. Pero los que habían amado a Marguerite ya no podían contarse y los que ella había amado no podían contarse todavía.

En una palabra, en aquella chica se reconocía a la virgen a quien una pequeñez había convertido en cortesana, y a la cortesana a quien una pequeñez hubiera convertido en la virgen más amorosa y más pura. Todavía quedaba en Marguerite orgullo e independencia: dos sentimientos que, heridos, son capaces de hacer lo que el pudor. Yo no decía nada; mi alma parecía haberse pasado totalmente a mi corazón y mi corazón a mis ojos.

–¿Así que –prosiguió ella de pronto– es usted el que venía a preguntar por mí cuando estaba enferma?

–Sí.

–Eso es algo muy hermoso, ¿sabe? ¿Y qué puedo hacer yo para agradecérselo?

–Permitirme venir a verla de cuando en cuando.

–Siempre que usted quiera, de cinco a seis de la tarde y de once a doce de la noche. Oiga, Gaston, tóqueme la *Invitación al vals*[2].

–¿Por qué?

2. La *Invitación al vals* es una obra para piano del compositor y pianista alemán Carl Maria von Weber (1786-1826).

–Primero, porque tengo ese gusto, y luego, porque no consigo tocarla sola.

–¿Qué es lo que le resulta complicado?

–La tercera parte, el fragmento en sostenido.

Gaston se levantó, se puso al piano y comenzó la maravillosa melodía de Weber, cuya partitura estaba abierta sobre el atril.

Marguerite, con una mano apoyada en el piano, miraba el álbum de música, siguiendo con los ojos cada nota, que acompañaba en voz baja, y, cuando Gaston llegó al pasaje que le había indicado, tarareó mientras daba con los dedos en la tapa del piano:

–Re, mi, re, do, re, fa, mi, re, eso es lo que no me sale. Empiece otra vez.

Gaston empezó otra vez, y luego Marguerite le dijo:

–Déjeme intentarlo a mí ahora.

Ocupó su sitio y se puso a tocar; pero sus dedos rebeldes se equivocaban siempre en una de las notas que acabo de decir.

–¡Es increíble que no consiga tocar ese pasaje! –dijo con una auténtica entonación de niña–. ¿Podrán creer ustedes que a veces me he tirado hasta las dos de la mañana detrás de él? ¡Y cuando pienso que ese imbécil de conde lo toca admirablemente y sin partitura, creo que eso es lo que hace que me ponga furiosa con él!

Y volvió a empezar, siempre con los mismos resultados.

–¡Que el diablo se lleve a Weber, la música y los pianos! –dijo arrojando el álbum a la otra punta de la habitación–. ¿Cómo puede entenderse que no sea capaz de tocar ocho sostenidos seguidos?

Y se cruzaba de brazos mirándonos y golpeando el suelo con el pie.

La sangre se le subió a las mejillas y una tos ligera entreabrió sus labios.

–Vamos, vamos –dijo Prudence, que se había quitado el sombrero y se alisaba los bandós ante el espejo–, todavía va a enfadarse usted y le sentará mal; más vale que vayamos a cenar: yo es que me estoy muriendo de hambre.

Marguerite volvió a llamar, luego se puso al piano y comenzó a media voz una canción libertina en cuyo acompañamiento no se equivocaba.

Gaston se sabía aquella canción e hicieron una especie de dúo.

–No cante esas porquerías –dije familiarmente a Marguerite y con un tono de súplica.

–¡Oh, qué casto es usted! –me dijo sonriendo y tendiéndome la mano.

–No es por mí, es por usted.

Marguerite hizo un gesto como queriendo decir: «¡Oh, yo hace ya mucho tiempo que terminé con la castidad!».

En aquel momento apareció Nanine.

–¿Está lista la cena?

–Sí, señora, dentro de un momento.

–A propósito –me dijo Prudence–, no ha visto usted el piso; venga, se lo voy a enseñar.

El salón, como ya sabe usted, era una maravilla. Marguerite nos acompañó un poco, luego llamó a

Gaston y pasó con él al comedor para ver si la cena estaba lista.

–¡Vaya! –dijo Prudence en voz bien alta, mirando hacia un estante y cogiendo una figura de porcelana de Sajonia–. ¡No sabía yo que tenía usted aquí este hombrecito!

–¿Cuál?

–Un pastorcillo que tiene una jaula con un pájaro.

–Lléveselo, si le gusta.

–Ah, pero no quisiera que se quedara sin él.

–Iba a dárselo a mi doncella; me parece horroroso; pero, si le gusta, lléveselo.

Prudence no vio más que el regalo y no cómo se lo habían hecho. Apartó el hombrecillo y me llevó al cuarto de aseo, donde, enseñándome dos miniaturas a juego, me dijo:

–Ahí tiene al conde de G***, que estuvo muy enamorado de Marguerite; fue él quien la lanzó. ¿Lo conoce usted?

–No. ¿Y ésta? –pregunté, señalando la otra miniatura.

–Es el vizcondesito de L***. Se vio obligado a marcharse.

–¿Por qué?

–Porque estaba casi arruinado. ¡Ése sí que quería a Marguerite!

–Y ella también lo querría mucho sin duda.

–Con una chica tan rara como ésta una no sabe nunca a qué atenerse. La noche del día en que él se fue ella estaba en el teatro, como de costumbre, y sin embargo había llorado en el momento de la despedida.

En aquel momento apareció Nanine anunciándonos que la cena estaba servida.

Cuando entramos en el comedor, Marguerite estaba apoyada contra la pared, y Gaston, que la tenía cogida de las manos, estaba hablándole en voz baja.

–Está usted loco –le respondía Marguerite–. Sabe usted de sobra que no me interesa. A una mujer como yo nadie le pide ser su amante al cabo de dos años de conocerla. Nosotras nos entregamos en seguida o nunca. Vamos, señores, a la mesa.

Y, liberándose de las manos de Gaston, nos hizo sentar a él a su derecha, a mí a su izquierda, y luego dijo a Nanine:

–Antes de sentarte, ve a decir en la cocina que si llaman no abran.

Tal orden se daba a la una de la mañana.

Reímos, bebimos y comimos mucho en aquella cena. Al cabo de unos instantes la alegría había descendido a los últimos límites y, entre grandes aclamaciones de Nanine, de Prudence y de Marguerite, de cuando en cuando estallaban esas palabras que a ciertas gentes les hacen mucha gracia y que manchan siempre la boca que las dice. Gaston se divertía francamente; era un muchacho de gran corazón, pero tenía el espíritu un poco maleado por los hábitos primarios. Por un momento quise aturdirme, dejar que mi corazón y mi pensamiento permanecieran indiferentes al espectáculo que tenía ante los ojos y tomar parte en aquella alegría que parecía ser uno de los manjares de la cena; pero poco a poco me fui aislando de aquel ruido, mi vaso seguía lleno, y casi me puse triste viendo a aquella hermosa criatura de veinte años beber, hablar como un carretero y reír más cuanto más escandaloso era lo que se decía.

Sin embargo, aquella alegría, aquella forma de hablar y de beber, que en los otros comensales me parecían resultado del libertinaje, la fuerza o la costumbre, en Marguerite me parecían una necesidad de olvidar, una fiebre, una irritabilidad nerviosa. A cada copa de champán sus mejillas se teñían de un rojo febril, y una tos, ligera al comienzo de la cena, se había ido haciendo a la larga lo suficientemente fuerte para obligarla a echar la cabeza sobre el respaldo de la silla y a apretarse el pecho con las manos cada vez que tosía.

Yo sufría por el daño que harían en su débil organismo aquellos excesos diarios.

Al fin sucedió algo que yo había previsto y me temía. Hacia el final de la cena se apoderó de Marguerite un acceso de tos más fuerte que todos los que había tenido desde que yo estaba allí. Me pareció como si su pecho se desgarrase interiormente. La pobre chica se puso púrpura, cerró los ojos por el dolor y se llevó a los labios la servilleta, que una gota de sangre enrojeció. Entonces se levantó y se fue corriendo al cuarto de aseo.

–¿Pero qué le pasa a Marguerite? –preguntó Gaston.

–Pues le pasa que ha reído demasiado y escupe sangre –dijo Prudence–. ¡Oh, no será nada, le pasa todos los días! Ya volverá. Dejémosla sola, prefiere que sea así.

Pero yo no pude contenerme y, ante la gran estupefacción de Prudence y de Nanine, que me llamaban para que volviera, fui a reunirme con Marguerite.

Capítulo 10

La habitación en donde se había refugiado sólo estaba iluminada por una vela colocada encima de una mesa. Echada en un gran canapé, con el vestido desabrochado, tenía una mano sobre el corazón y dejaba colgar la otra. Encima de la mesa había una palangana de plata con agua hasta la mitad; el agua estaba veteada de hilillos de sangre.

Marguerite, muy pálida y con la boca entreabierta, intentaba recobrar el aliento. Por momentos su pecho se hinchaba en un hondo suspiro que, una vez exhalado, parecía aliviarla un poco y le producía durante unos pocos segundos un sentimiento de bienestar.

Me acerqué a ella, sin que hiciera ningún movimiento, me senté y le tomé la mano que reposaba sobre el canapé.

–¿Ah, es usted? –me dijo con una sonrisa.

Supongo que mi cara tenía un aspecto alterado, pues añadió:

–¿También usted se siente mal?

–No; y a usted ¿no se le ha pasado todavía?

–No mucho –y se secó con el pañuelo las lágrimas que la tos había hecho acudir a sus ojos–, pero ya estoy acostumbrada.

–Está usted matándose, señora –le dije entonces con voz emocionada–. Me gustaría ser amigo suyo, alguien de su familia, para impedirle que se haga daño de este modo.

–¡Bah! La verdad es que no vale la pena que se alarme usted –replicó en un tono un poco amargo–. Ya ve cómo se ocupan de mí los otros: saben perfectamente que con esta enfermedad no hay nada que hacer.

Dicho esto, se levantó y, tomando la vela, la puso sobre la chimenea y se miró en el espejo.

–¡Qué pálida estoy! –dijo, abrochándose el vestido y pasándose los dedos por el pelo para alisarlo–. ¡Bah! Vamos otra vez a la mesa. ¿Viene?

Pero yo estaba sentado y no me moví.

Comprendió la emoción que me había causado aquella escena, pues se acercó a mí y, tendiéndome la mano, me dijo:

–Vamos, venga.

Tomé su mano y la llevé a mis labios, humedeciéndola sin querer con dos lágrimas largo tiempo contenidas.

–¡Pero, bueno, no sea usted niño! –dijo, volviendo a sentarse a mi lado–. ¡Mira que ponerse a llorar! ¿Qué le pasa?

–Debo de parecerle un necio, pero lo que acabo de ver me ha hecho un daño espantoso.

–Es usted muy bueno. Pero ¿qué quiere que haga? No puedo dormir y tengo que distraerme un poco. Y además, chicas como yo, una más o menos ¿qué importa? Los médicos me dicen que la sangre que escupo procede de los bronquios; yo hago como que los creo, es todo lo que puedo hacer por ellos.

–Escuche, Marguerite –dije entonces expansionándome sin poderme contener–, no sé la influencia que llegará usted a tener sobre mi vida, pero lo que sé es que en este momento no hay nadie, ni siquiera mi hermana, que me interese tanto como usted. Y llevo así desde que la vi. Pues bien, en nombre del cielo, cuídese y no siga viviendo como ahora.

–Si me cuidara, moriría. Esta vida febril que llevo es lo que me sostiene. Además, cuidarse está bien para las mujeres de la buena sociedad que tienen familia y amigos; pero a nosotras, en cuanto dejamos de servir a la vanidad o al placer de nuestros amantes, nos abandonan, y a los largos días suceden las largas noches. Mire, yo lo sé muy bien: estuve dos meses en la cama, y al cabo de tres semanas ya nadie venía a verme.

–Es verdad que yo no soy nada para usted –repuse–, pero, si usted quisiera, la cuidaría como un hermano, no la dejaría y la curaría. Y luego, cuando tuviera fuerzas para ello, podría usted volver a proseguir la vida que ahora lleva, si así le pareciese; pero estoy seguro de que preferiría usted una existencia tranquila que la haría más dichosa y la conservaría bonita.

–Esta noche piensa usted así porque tiene el vino triste, pero no tendría usted la paciencia de que presume.

–Permítame decirle, Marguerite, que estuvo usted enferma dos meses y que durante esos dos meses vine todos los días a preguntar por usted.

–Es verdad; pero ¿por qué no subía usted?

–Porque entonces no la conocía.

–¿Es que hay que andar con tantas consideraciones con una chica como yo?

–Siempre hay que tenerlas con una mujer, al menos ésa es mi opinión.

–¿Así que usted me cuidaría?

–Sí.

–¿Se quedaría usted todos los días a mi lado?

–Sí.

–¿Incluso todas las noches?

–Todo el tiempo que no la aburriera.

–¿Cómo llama usted a eso?

–Abnegación.

–¿Y de dónde viene esa abnegación?

–De una simpatía irresistible que siento por usted.

–¿Así que está usted enamorado de mí? Dígalo en seguida, es mucho más sencillo.

–Es posible; pero si tengo que decírselo algún día, no será hoy.

–Hará mejor no diciéndomelo nunca.

–¿Por qué?

–Porque de esa declaración no pueden resultar más que dos cosas.

–¿Cuáles?

–O que yo no lo acepte, y entonces me odiará usted, o que lo acepte, y entonces tendría usted una amante lastimosa; una mujer nerviosa, enferma, triste, o alegre, pero con una alegría más triste que la misma tristeza; una mujer que escupe sangre y que gasta cien mil francos al año está bien para un viejo ricachón como el duque, pero es muy enojosa para un joven como usted, y la prueba es que todos los amantes jóvenes que he tenido me han abandonado bien pronto.

Yo no respondía nada: escuchaba. Aquella franqueza, que tenía casi algo de confesión, aquella vida dolorosa entrevista bajo el velo dorado que la cubría, y de cuya realidad huía la pobre chica refugiándose en el libertinaje, la embriaguez y el insomnio, todo aquello me impresionó de tal modo que no encontré ni una palabra.

–Vamos –continuó Marguerite–, estamos diciendo niñerías. Deme la mano y volvamos al comedor. Nadie tiene por qué saber el motivo de nuestra ausencia.

–Vuelva usted, si le parece bien, pero yo le pido permiso para quedarme aquí.

–¿Por qué?

–Porque su alegría me hace mucho daño.

–Bueno, pues estaré triste.

–Escuche, Marguerite, déjeme decirle una cosa que sin duda le han dicho muchas veces, y que de tanto oírla quizá ya no pueda usted creer, pero que no por eso es menos cierta y que no volveré a decirle nunca.

–¿Y es...? –dijo con esa sonrisa propia de las madres jóvenes cuando van a escuchar una locura de su hijo.

–Pues que desde que la vi, no sé cómo ni por qué, ha ocupado usted un sitio en mi vida; que, por más que he intentado arrojar su imagen de mi pensamiento, vuelve una y otra vez; que hoy, cuando he vuelto a encontrarla, después de haber estado dos años sin verla, ha adquirido usted sobre mi corazón y mi cabeza un ascendiente aún mayor; y, en fin, que ahora que me ha recibido, que la conozco, que sé todo lo que de extraño hay en usted, se me ha hecho indispensable, y me volveré loco no ya si no me ama, pero aun si no me deja amarla.

–Pero, desgraciado, debería decirle lo que decía la señora D***: «Entonces es usted muy rico». ¿Pero no sabe usted que gasto seis o siete mil francos al mes, y que ese gasto se me ha hecho imprescindible? ¿No sabe usted, pobre amigo mío, que lo arruinaría en nada y menos, y que su familia le prohibiría entrar en casa para enseñarle así a vivir con una criatura como yo? Quiérame mucho, como un buen amigo, pero nada más. Venga a verme, reiremos, charlaremos, pero no exagere lo que valgo, porque no valgo gran cosa. Tiene usted buen corazón, necesita ser amado, pero es excesivamente joven y sensible para vivir en nuestro mundo. Búsquese una mujer casada. Ya ve usted que soy buena chica y que le hablo francamente.

–¡Pero, bueno! ¿Qué diablos están haciendo aquí? –gritó Prudence, a quien no habíamos oído llegar y que apareció en el umbral de la habitación medio despeinada y con el vestido desabrochado. En aquel desorden reconocí la mano de Gaston.

–Estamos hablando de cosas serias –dijo Marguerite–. Déjenos un momento, que vamos en seguida a reunirnos con ustedes.

–Bueno, bueno, sigan charlando, hijos míos –dijo Prudence al retirarse, cerrando la puerta como para reforzar el tono en que había pronunciado las últimas palabras.

–Así pues –prosiguió Marguerite, cuando nos quedamos solos–, estamos de acuerdo en que dejará de quererme.

–Me marcharé.

–¿Pero tan fuerte le ha dado?

Había ido demasiado lejos para dar marcha atrás, y por otra parte aquella chica me trastornaba. Aquella mezcla de alegría, tristeza, candor, prostitución, incluso aquella enfermedad, que en su caso desarrollaba la sensibilidad ante las impresiones como la irritabilidad de los nervios, todo ello me indicaba que, si desde el principio no adquiría dominio sobre aquella naturaleza ligera y olvidadiza, la perdería.

–¡Vamos, entonces lo dice en serio!

–Muy en serio.

–¿Pero por qué no me lo ha dicho antes?

–¿Y cuándo se lo habría dicho?

–Pues al día siguiente de aquel en que me fue usted presentado en la Ópera Cómica.

–Creo que si hubiera venido a verla, me habría recibido usted muy mal.

–¿Por qué?

–Porque la víspera me porté como un estúpido.

–Eso es verdad. Sin embargo, ya me quería por entonces.

–Sí.

–Lo que no le impidió ir a acostarse y dormir tan tranquilamente después del espectáculo. Todos sabemos lo que son esos grandes amores.

–Sí, sólo que en eso se equivoca usted. ¿Sabe lo que hice la noche de la Ópera Cómica?

–No.

–La esperé a la puerta del Café Inglés. Seguí el coche que la llevó a usted y a sus tres amigos y, cuando la vi bajar sola y entrar en su casa, me sentí muy feliz.

Marguerite se echó a reír.

–¿De qué se ríe?

–De nada.

–Dígamelo, se lo suplico, o acabaré por creer que está otra vez burlándose de mí.

–¿No se enfadará?

–¿Con qué derecho podría enfadarme?

–Bueno, pues tenía una buena razón para entrar sola.

–¿Cuál?

–Estaban esperándome aquí.

Si me hubiera dado una puñalada, no me habría hecho tanto daño. Me levanté y, tendiéndole la mano:

–Adiós –le dije.

–Sabía que se enfadaría –dijo–. Los hombres rabian por enterarse de lo que va a hacerles sufrir.

–Pues le aseguro –añadí con un tono frío, como si hubiera querido demostrarle que estaba curado para siempre de mi pasión–, le aseguro que no estoy enfadado. Es muy natural que la esperase alguien, como es muy natural que yo me vaya a las tres de la mañana.

–¿También a usted está esperándolo alguien en su casa?

–No, pero tengo que irme.

–Adiós, entonces.

–¿Me echa usted?

–De ninguna manera.

–¿Por qué me hace sufrir así?

–¿Que yo le hago sufrir?

–Me dice que alguien estaba esperándola.

–No he podido dejar de reírme ante la idea de que usted se sintiera tan feliz de verme entrar sola cuando había una razón tan buena para ello.

–Muchas veces le entra a uno alegría por una niñería, y no está bien destruir esa alegría, cuando, dejándola subsistir, se puede hacer más feliz aún al que la encuentra.

–¿Pero con quién cree que está tratando? Yo no soy una virgen ni una duquesa. No lo conozco más que de hoy y no tengo por qué darle cuenta de mis actos. Y aun admitiendo que un día llegara a ser su amante, ha de saber que he tenido otros amantes antes que usted. Si ya ahora empieza haciéndome escenas de celos, ¡qué será después, si ese después existe alguna vez! No he visto nunca un hombre como usted.

–Es que nadie la ha querido nunca como yo.

–Vamos a ver, francamente, ¿tanto me quiere usted?

–Creo que todo lo que es posible querer.

–¿Y desde cuándo dura eso?...

–Desde un día en que la vi bajar de una calesa y entrar en Susse, hace tres años.

–¿Sabe que eso es muy hermoso? Bueno, ¿y qué tengo que hacer para corresponder a tan gran amor?

–Quererme un poco –dije, mientras los latidos de mi corazón casi me impedían hablar; pues, pese a las sonrisas medio burlonas con que había acompañado toda aquella conversación, me parecía que Marguerite empezaba a compartir mi turbación y que me acercaba a la hora esperada desde hacía tanto tiempo.

–Bueno, ¿y el duque?

–¿Qué duque?

–Mi viejo celoso.

–No se enterará de nada.

–¿Y si se entera?

–La perdonará.

–¡Ah, eso sí que no! Me abandonará, ¿y qué será de mí?

–Ya está arriesgándose usted a ese abandono por otro.

–¿Cómo lo sabe usted?

–Por el aviso que ha dado de que esta noche no dejen entrar a nadie.

–Es cierto, pero ése es un amigo serio.

–Que a usted no le importa mucho, puesto que le prohíbe la entrada a tales horas.

–No es usted precisamente quien debiera reprochármelo, puesto que ha sido para recibirlo a usted y a su amigo.

Poco a poco había ido acercándome a Marguerite, había pasado mis manos en torno a su cintura y sentía su cuerpo flexible apoyarse ligeramente en mis manos entrelazadas.

–¡Si supiera cuánto la quiero! –le dije en voz muy baja.

–¿De veras?

–Se lo juro.

–Bueno, pues si me promete no hacer más que mi voluntad sin decir una palabra, sin hacerme una observación, sin preguntarme nada, tal vez pueda llegar a amarlo.

–¡Todo lo que quiera!

–Pero le advierto que quiero ser libre de hacer lo que me parezca, sin tener que darle la menor explicación sobre mi vida. Hace tiempo que busco un amante joven, sin voluntad, enamorado sin desconfianza, amado sin derechos. Nunca he podido encontrar uno. Los hombres, en vez de estar satisfechos de que se les conceda durante mucho tiempo lo que apenas hubieran esperado obtener una vez, piden cuentas a su amante del pasado, del presente y hasta del futuro. A medida que se acostumbran a ella, quieren dominarla, y, cuanto más se les da todo lo que quieren, tanto más exigentes van haciéndose. Si ahora me decido a tomar un nuevo amante, quiero que tenga tres cualidades poco frecuentes: que sea confiado, sumiso y discreto.

–Bueno, pues yo seré todo lo que usted quiera.

–Ya lo veremos.

–¿Y cuándo lo veremos?

–Más tarde.

–¿Por qué?

–Porque –dijo Marguerite, liberándose de mis brazos y tomando de un gran ramo de camelias rojas comprado por la mañana una camelia que colocó en mi ojal–, porque no siempre se pueden cumplir los tratados el mismo día en que se firman.

Era fácilmente comprensible.

–¿Y cuándo volveré a verla? –dije, tomándola entre mis brazos.

–Cuando esta camelia cambie de color.

–¿Y cuándo cambiará de color?

–Mañana, de once a doce de la noche. ¿Está usted contento?

–¿Y usted me lo pregunta?

–De esto, ni una palabra a su amigo, ni a Prudence, ni a nadie.

–Se lo prometo.

–Ahora béseme y volvamos al comedor.

Me ofreció sus labios, alisó de nuevo sus cabellos y salimos de aquella habitación, ella cantando, yo medio loco.

En el salón se detuvo y me dijo en voz muy baja:

–Quizá le parezca raro que me haya mostrado tan dispuesta a aceptarlo así, en seguida. ¿Sabe a qué se debe? Se debe –continuó, tomándome una mano y colocándola contra su corazón, cuyas palpitaciones violentas y repetidas yo sentía–, se debe a que, ante la perspectiva de vivir menos que los demás, me he propuesto vivir más deprisa.

–No vuelva a hablarme de ese modo, se lo suplico.

–¡Oh, consuélese! –prosiguió, riendo–. Por poco que viva, viviré más tiempo del que usted me quiera.

Y entró cantando en el comedor.

–¿Dónde está Nanine? –dijo al ver a Gaston y a Prudence solos.

–Se ha ido a dormir a la habitación de usted, esperando que usted se acueste –respondió Prudence.

–¡Pobre infeliz! ¡Estoy matándola! Vamos, señores, retírense, ya es hora.

Diez minutos después Gaston y yo salimos. Marguerite me estrechó la mano diciéndome adiós y se quedó con Prudence.

–Bueno –me preguntó Gaston, cuando estuvimos fuera–, ¿qué me dice de Marguerite?

–Es un ángel, y estoy loco por ella.

–Me lo imaginaba. ¿Se lo ha dicho?

–Sí.

–¿Y le ha prometido hacerle caso?

–No.

–No es como Prudence.

–¿Ella sí que se lo ha prometido?

–¡Ha hecho algo más, amigo mío! ¡Aunque no lo parezca, hay que ver lo buena que está todavía esa gorda de Duvernoy!

Capítulo 11

Al llegar a aquella parte de su relato, Armand se detuvo.

–¿Quiere cerrar la ventana? –me dijo–. Empiezo a tener frío. Entre tanto, yo voy a acostarme.

Cerré la ventana. Armand, que aún estaba muy débil, se quitó la bata y se metió en la cama, dejando durante unos instantes reposar su cabeza sobre la almohada, como un hombre cansado tras una larga carrera o agitado por penosos recuerdos.

–Quizá ha hablado de más –le dije–. ¿Quiere que me vaya y que le deje dormir? Ya me contará otro día el final de esta historia.

–¿Lo aburre?

–Al contrario.

–Entonces voy a continuar; si me deja usted solo, no podré dormir.

Cuando volví a casa –prosiguió, sin necesidad de concentrarse, de tan presentes como estaban aún en su pensamiento todos los detalles–, no me acosté; me puse a reflexionar sobre la aventura de la jornada. El encuentro, la presentación, el compromiso de Marguerite para conmigo, todo había sido tan rápido, tan inesperado, que había momentos en que creía haber soñado. Sin embargo, tampoco era la primera vez que una chica como Marguerite prometía entregarse a un hombre al día siguiente de aquel en que se lo había pedido.

Por más que me hacía tal reflexión, la primera impresión que mi futura amante me produjo había sido tan fuerte que sigue subsistiendo todavía. Yo seguía empeñado en no ver en ella una chica como las demás y, con esa vanidad tan común a todos los hombres, estaba dispuesto a creer que ella sentía por mí la misma irresistible atracción que yo sentía por ella.

Sin embargo tenía ante los ojos ejemplos muy contradictorios y con frecuencia había oído decir que el amor de Marguerite había pasado a ser un artículo más o menos caro según la estación.

Por otro lado, ¿cómo conciliar aquella reputación con los continuos rechazos al joven conde que vimos en su casa? Dirá usted que no le gustaba y que, como el duque la mantenía espléndidamente, antes de tomar otro amante prefería un hombre que le gustase. Pero entonces, ¿por qué no le interesaba Gaston, siendo como era simpático, ingenioso y rico, y parecía aceptarme a mí, que le había dado la impresión de ser tan ridículo la primera vez que me vio?

Es cierto que hay incidentes de un minuto que producen más efecto que un cortejo de un año.

De todos los que estábamos cenando, yo fui el único que se preocupó al verla dejar la mesa. Yo la seguí, me emocioné sin poder disimularlo, lloré al besarle la mano. Aquella circunstancia, unida a mis visitas cotidianas durante los dos meses de su enfermedad, pudo hacerle ver en mí un hombre distinto de todos los que había conocido hasta entonces, y quizá se dijo que bien podía hacer por un amor expresado de aquel modo lo que había hecho tantas veces, algo que ya no podía tener consecuencias para ella.

Como ve usted, todas aquellas suposiciones eran bastante verosímiles; pero, fuera cual fuese la razón de su consentimiento, lo cierto era que ella había consentido.

Pues bien, estaba enamorado de Marguerite, iba a ser mía, no podía pedirle más. Y sin embargo, se lo repito, aunque fuera una entretenida, hasta tal punto había hecho yo de aquel amor, quizá para poetizarlo, un amor sin esperanza, que cuanto más se acercaba el momento en que ya no tendría siquiera necesidad de esperar, más dudas me entraban.

No pude pegar ojo en toda la noche.

No me conocía a mí mismo. Estaba medio loco. Tan pronto no me veía ni lo bastante guapo, ni lo bastante rico, ni lo bastante elegante para poseer una mujer semejante, como me sentía lleno de vanidad ante la idea de aquella posesión; luego empezaba a temer que Marguerite no sintiera por mí más que un capricho pasajero, y, presintiendo una desgracia en una pronta ruptura, me decía que quizá haría mejor no yendo aquella noche a su casa y marcharme escribiéndole mis temores. De ahí pasaba a tener una esperanza infinita, una confianza ilimitada. Fabricaba increíbles sueños de futuro; me decía que aquella chica me debería su curación física y moral, que pasaría toda mi vida con ella y que su amor me haría más feliz que los más virginales amores.

En fin, no podría repetirle los mil pensamientos que subieron de mi corazón a mi cabeza y que fueron extinguiéndose poco a poco en el sueño, que me venció al rayar el día.

Eran las dos cuando me desperté. Hacía un tiempo magnífico. No recuerdo que nunca la vida me haya parecido tan hermosa y tan plena. Volvían a mi mente los recuerdos de la víspera, sin sombras, sin obstáculos y alegremente escoltados por las esperanzas de aquella noche. Me vestí a toda prisa. Estaba contento y me sentía capaz de las mejores acciones. De cuando en cuando el corazón me saltaba de alegría y de amor dentro del pecho. Una dulce fiebre me agitaba. Ya no me preocupaba de las razones que me habían inquietado antes de dormirme. No veía más que el resultado, no pensaba más que en la hora en que volvería a ver a Marguerite.

Me fue imposible quedarme en casa. Mi habitación me parecía muy pequeña para contener tanta felicidad; necesitaba la naturaleza entera para expansionarme.

Salí.

Pasé por la calle de Antin. El cupé de Marguerite la esperaba a la puerta; me dirigí hacia los Campos Elíseos. Amaba, aun sin conocerlos, a todos los que encontraba a mi paso.

¡Qué buenos nos hace el amor!

Llevaba una hora paseándome desde los caballos de Marly[1] a la glorieta y desde la glorieta a los caballos de Marly, cuando vi de lejos el coche de Marguerite; no lo reconocí, lo adiviné.

En el momento de doblar hacia los Campos Elíseos, mandó parar, y un joven alto se separó de un grupo donde estaba charlando y fue a charlar con ella.

Charlaron unos instantes; el joven fue a reunirse con sus amigos, los caballos reemprendieron la marcha y yo, que me había acercado al grupo, reconocí en el que había hablado con Marguerite a aquel conde de G*** cuyo retrato había visto yo y a quien Prudence señalaba como el hombre al que Marguerite debía su posición.

Era a él a quien había prohibido la entrada la noche anterior; supuse que ella había mandado parar el coche para darle la explicación de aquella prohibición y esperé que a la vez hubiera encontrado cualquier otro pretexto para no recibirlo la noche siguiente.

Ignoro cómo transcurrió el resto de la jornada; anduve, fumé, charlé, pero a las diez de la noche no recordaba nada de lo que dije ni con quiénes me encontré.

Todo lo que recuerdo es que volví a mi casa, que me pasé tres horas acicalándome y que miré cien

---

1. Se refiere a dos grandes caballos sostenidos por un hombre a pie que hay a la entrada de los Campos Elíseos y que fueron esculpidos por el escultor francés Guillaume Coustou (1677-1746), autor también de varias esculturas del jardín de las Tullerías.

veces mi reloj y el de pared, que por desgracia iban los dos igual.

Cuando dieron las diez y media, me dije que ya era hora de salir.

Por entonces vivía yo en la calle de Provence: seguí por la calle del Mont-Blanc, atravesé el bulevar, tomé la calle de Louis-le-Grand, la de Port-Mahon y llegué a la de Antin. Miré hacia las ventanas de Marguerite.

Había luz en ellas.

Llamé.

Pregunté al portero si estaba en casa la señorita Gautier.

Me respondió que no volvía nunca antes de las once o las once y cuarto.

Miré mi reloj.

Creía que había venido muy despacio, y no había empleado más de cinco minutos para ir de la calle de Provence a la casa de Marguerite.

Así que estuve paseándome por aquella calle sin tiendas y desierta a aquella hora.

Al cabo de media hora llegó Marguerite. Bajó de su cupé mirando a su alrededor como si estuviera buscando a alguien.

El coche se fue al paso, pues en la casa no había cuadras ni cochera. En el momento en que Marguerite iba a llamar me acerqué y le dije:

–Buenas noches.

–¡Ah!, ¿es usted? –me dijo en un tono poco tranquilizador respecto al placer que le causaba el encontrarme allí.

–¿No me permitió que viniera a visitarla hoy?

–Sí, es verdad; lo había olvidado.

Aquellas palabras echaban por tierra todas mis reflexiones de la mañana, todas las esperanzas de la jornada. Sin embargo, empecé a habituarme a sus modales y no me fui, cosa que evidentemente hubiera hecho en otro tiempo.

Entramos.

Nanine había abierto ya la puerta.

–¿Ha vuelto Prudence? –preguntó Marguerite.

–No, señora.

–Ve a decir que venga en cuanto vuelva. Apaga antes la lámpara del salón y, si viene alguien, di que no he vuelto y que ya no volveré.

Tenía el aspecto de una mujer preocupada por algo y quizá molesta por un importuno. Yo no sabía qué cara poner ni qué decir. Marguerite se dirigió hacia su dormitorio; yo me quedé donde estaba.

–Venga –me dijo.

Se quitó el sombrero y el abrigo de terciopelo y los arrojó sobre la cama; luego se dejó caer en un gran sillón, al lado del fuego, que mandaba encender hasta principios de verano, y me dijo, mientras jugueteaba con la cadena de su reloj:

–Bueno, ¿y qué me cuenta de nuevo?

–Nada, sino que me he equivocado viniendo esta noche.

–¿Por qué?

–Porque parece usted contrariada y sin duda estoy estorbando.

–No estorba usted; sólo que estoy un poco enferma, me he sentido indispuesta todo el día, no he dormido y tengo una jaqueca horrible.

–¿Quiere que me vaya para dejarla meterse en la cama?

–¡Oh!, puede usted quedarse; si quiero acostarme, no tengo inconveniente en acostarme delante de usted.

En aquel momento llamaron.

–¿Quién viene ahora? –dijo con un movimiento de impaciencia.

Unos instantes después volvieron a llamar.

–Por lo visto no hay nadie para abrir; voy a tener que abrir yo misma.

Y, en efecto, se levantó diciéndome:

–Espere aquí.

Atravesó el piso y oí abrir la puerta de entrada. Escuché.

El hombre a quien había abierto se detuvo en el comedor. A las primeras palabras reconocí la voz del joven conde de N***.

–¿Cómo se encuentra esta noche? –dijo.

–Mal –respondió secamente Marguerite.

–¿La molesto?

–Quizá.

–¡Cómo me recibe usted! Pero, querida Marguerite, ¿qué le he hecho yo?

–Querido amigo, no me ha hecho usted nada. Estoy enferma y tengo que acostarme, así que hágame el favor de marcharse. Me fastidia no poder volver por la noche sin verlo aparecer cinco minutos después. ¿Qué quiere? ¿Que sea su amante? Bueno, pues ya le he dicho cien veces que no, que me irrita usted horriblemente y que puede dirigirse a otra parte. Se lo repito hoy por última vez: no me interesa usted, ¿está entendido? Adiós. Mire, ahí vuelve Nanine; ella lo alumbrará. Buenas noches.

Y sin añadir una palabra, sin escuchar lo que balbuceaba el joven, Marguerite volvió a su habitación y cerró violentamente la puerta, por la que a su vez entró Nanine casi inmediatamente.

–Escúchame –le dijo Marguerite–, dile siempre a ese imbécil que no estoy o que no quiero recibirlo. Ya empiezo a estar harta de ver sin cesar a esa gente que viene a pedirme lo mismo, que me pagan y que se creen en paz conmigo. Si las que se inician en nuestro vergonzoso oficio supieran lo que es, preferirían antes hacerse doncellas. Pero no; la vanidad de tener vestidos, coches, diamantes nos arrastra; te crees todo lo que oyes, pues la prostitución tiene su fe, y el corazón, el cuerpo, la belleza se te van desgastando poco a poco; te temen como a una fiera, te desprecian como a un paria, estás rodeada de gente que siempre se lleva más de lo que te da, y un buen día revientas como un perro, después de haber perdido a los demás y haberte perdido a ti misma.

–Vamos, señora, cálmese –dijo Nanine–, está muy nerviosa esta noche.

–Este vestido me molesta –prosiguió Marguerite, haciendo saltar las presillas de su corpiño–, dame un peinador. Bueno, ¿y Prudence?

–No había vuelto todavía, pero le dirán que venga a ver a la señora en cuanto vuelva.

–Otra que tal –continuó Marguerite, quitándose el vestido y poniéndose un peinador blanco–. Otra que se las apaña perfectamente para encontrarme cuando me necesita y que nunca me hace gratis un favor. Sabe que espero esa respuesta esta noche, que me hace falta, que estoy intranquila, y estoy segura de que se ha ido por ahí sin preocuparse de mí.

–A lo mejor la han entretenido.

–Di que nos traigan el ponche.

–Va a hacerle daño otra vez –dijo Nanine.

–Mejor. Tráeme también fruta, paté o un ala de pollo, cualquier cosa, pero en seguida; tengo hambre.

Es inútil decirle la impresión que me causaba aquella escena; lo adivina usted, ¿verdad?

–Cenará usted conmigo –me dijo–, entre tanto, coja un libro; voy un momento al cuarto de aseo.

Encendió las velas de un candelabro, abrió una puerta situada al pie de la cama y desapareció.

Yo me puse a reflexionar sobre la vida de aquella chica, y mi amor aumentó con la piedad.

Estaba paseándome a grandes pasos por la habitación, sumido en mis pensamientos, cuando entró Prudence.

–¡Vaya! ¿Usted aquí? –me dijo–. ¿Dónde está Marguerite?

–En el cuarto de aseo.

–La esperaré. Una cosa, ¿no sabe que lo encuentra a usted encantador?

–No.

–¿No se lo ha insinuado?

–En absoluto.

–¿Y cómo está usted aquí?

–He venido a hacerle una visita.

–¿A las doce de la noche?

–¿Por qué no?

–¡Farsante!

–Pues me ha recibido muy mal.

–Verá como ahora lo recibe mejor.

–¿Cree usted?

–Le traigo una buena noticia.

–No tiene importancia. ¿Así que le ha hablado de mí?

–Anoche, o por mejor decir esta noche, cuando se fue usted con su amigo... A propósito, ¿cómo está su amigo? Gaston R***, creo que se llama así, ¿no?

–Sí –dije, sin poder dejar de sonreír, al recordar la confidencia que Gaston me había hecho y ver que Prudence apenas sabía su nombre.

–Es simpático ese muchacho. ¿Qué hace?

–Tiene veinticinco mil francos de renta.

–¡Ah!, ¿de veras? Bueno, pues, volviendo a usted, Marguerite me ha interrogado acerca de usted; me ha preguntado quién era, qué hacía, qué amantes había tenido; en fin, todo lo que puede preguntarse sobre un hombre de su edad. Le he dicho todo lo que sé, añadiendo que es usted un muchacho encantador, y eso es todo.

–Se lo agradezco; ahora dígame qué fue lo que le encargó a usted ayer.

–Nada; lo dijo para que se fuera el conde, pero hoy sí que me ha encargado algo, y esta noche le traigo la respuesta.

En aquel momento salió Marguerite del cuarto de aseo: traía coquetamente puesto el gorro de dormir adornado con manojos de cintas amarillas, llamados técnicamente borlas.

Estaba encantadora de aquel modo.

Llevaba en sus pies desnudos zapatillas de raso y acababa de arreglarse las uñas.

–Bueno –dijo al ver a Prudence–, ¿ha visto al duque?

–¡Pues claro!

–¿Y qué le ha dicho?

–Me lo ha dado.

–¿Cuánto?

–Seis mil.

–¿Los tiene ahí?

–Sí.

–¿Parecía contrariado?

–No.

–¡Pobre hombre!

Aquel «¡pobre hombre!» fue pronunciado en un tono imposible de describir. Marguerite cogió los seis billetes de mil francos.

–Ya era hora –dijo–. Querida Prudence, ¿necesita dinero?

–Ya sabe, hija mía, que dentro de dos días estamos a 15: si pudiera prestarme trescientos o cuatrocientos francos, me haría un gran favor.

–Mande a buscarlos mañana por la mañana, ahora es muy tarde para ir a cambiar.

–No se olvide.

–Descuide. ¿Cena con nosotros?

–No, me está esperando Charles en casa.

–¿Pero sigue usted tan loca por él?

–¡Chiflada, querida! Hasta mañana. Adiós, Armand.

La señora Duvernoy salió.

Marguerite abrió su secreter y echó dentro los billetes de banco.

–¿Me permite que me acueste? –dijo sonriendo y dirigiéndose hacia la cama.

–No sólo se lo permito, sino que se lo ruego.

Retiró hacia los pies de la cama la colcha de guipur que la cubría y se acostó.

–Ahora –dijo–, venga a sentarse a mi lado y charlemos.

Prudence tenía razón: la respuesta que había traído a Marguerite la alegró.

–¿Me perdona el mal humor de esta noche? –me dijo, cogiéndome la mano.

–Estoy dispuesto a perdonarle muchos más.

–¿Y me quiere?

–Hasta volverme loco.

–¿A pesar de mi mal carácter?

–A pesar de todo.

–¿Me lo jura?

–Sí –le dije en voz baja.

Nanine entró entonces llevando platos, un pollo frío, una botella de burdeos, fresas y dos cubiertos.

–No he dicho que le hagan el ponche –dijo Nanine–; para usted es mejor el burdeos, ¿verdad, señor?

–Desde luego –respondí, emocionado todavía por las últimas palabras de Marguerite y con los ojos ardientemente fijos en ella.

–Bueno –dijo–, pon todo eso en la mesita y acércala a la cama; nos serviremos nosotros mismos. Llevas tres noches en vela y debes de tener ganas de dormir; ve a acostarte, no necesito nada.

–¿Hay que cerrar la puerta con dos vueltas de llave?

–¡Ya lo creo! Y, sobre todo, di que no dejen entrar a nadie antes de mediodía.

Capítulo 12

A las cinco de la mañana, cuando el día empezaba a despuntar a través de las cortinas, Marguerite me dijo:

–Perdona que te[1] eche, pero es preciso. El duque viene todas las mañanas; cuando llegue, van a decirle que estoy durmiendo, y quizá esperará a que me despierte.

Tomé entre mis manos la cabeza de Marguerite, cuyos cabellos sueltos se esparcían a su alrededor, y le di un último beso diciéndole:

–¿Cuándo volveré a verte?

–Escucha –repuso–, coge esa llavecita dorada que hay en la chimenea, ve a abrir esa puerta, vuelve a traer la llave aquí y vete. Durante el día recibirás una carta y mis instrucciones, pues ya sabes que tienes que obedecerme ciegamente.

–Sí, ¿y si te pidiera ya algo?

–¿Qué?

---

1. Nótese el salto al tuteo, símbolo del salto a la intimidad total. En todo caso, no se olvide que estamos en 1848 y en París, donde el tratamiento tiene mucha mayor rigidez, llegando a límites hoy inconcebibles. Téngase sobre todo en cuenta en los diálogos posteriores de Armand con su padre. He respetado en todo momento los saltos del «tú» al «usted» y viceversa, tal como aparecen en el original.

–Que me dejases esta llave.

–Nunca he hecho por nadie lo que me pides.

–Bueno, pues hazlo por mí, pues te juro que tampoco los demás te han querido como yo.

–Bueno, pues quédate con ella; pero te advierto que sólo de mí depende que esa llave no te sirva para nada.

–¿Por qué?

–Porque la puerta tiene cerrojos por dentro.

–¡Mala!

–Mandaré que los quiten.

–Entonces, ¿me quieres un poco?

–No sé cómo explicarlo, pero me parece que sí. Ahora vete; me caigo de sueño.

Todavía nos quedamos durante unos segundos el uno en brazos del otro, y me fui.

Las calles estaban desiertas, la gran ciudad dormía aún, una suave brisa corría por aquellos barrios que el ruido de los hombres iba a invadir unas horas más tarde.

Me pareció que aquella ciudad dormida era mía; busqué en mi memoria los nombres de aquellos cuya felicidad había envidiado hasta entonces y no recordaba a nadie que no me pareciera menos feliz que yo.

Ser amado por una joven casta, ser el primero en revelarle ese extraño misterio del amor ciertamente es una gran felicidad, pero es la cosa más sencilla del mundo. Apoderarse de un corazón que no está acostumbrado a los ataques es entrar en una ciudad abierta y sin guarnición. La educación, el sentido del deber y la familia son muy buenos centinelas, pero no hay centinela tan vigilante que no pueda ser burlado por una muchachita de dieciséis años, cuando la naturaleza, por medio de la voz del hombre que ella ama, le da esos primeros consejos de amor, tanto más ardientes cuanto más puros parecen.

Cuanto más cree la joven en el bien, más fácilmente se abandona, si no al amante, sí al amor, pues, como no desconfía, está desprovista de fuerza, y conseguir ser amado por ella es un triunfo que cualquier hombre de veinticinco años podrá permitirse cuando quiera. Y es tan cierto que mire si no cómo rodean a estas jóvenes de vigilancia y baluartes. No tienen los conventos muros lo suficientemente altos, ni las madres cerraduras lo suficientemente seguras, ni la religión deberes lo suficientemente asiduos para mantener a todos esos encantadores pajarillos encerrados en su jaula, en la que ni se toman la molestia de echar flores. De ese modo, ¡cómo no van a desear ese mundo que se les oculta, cómo no van a creerlo tentador, cómo no van a escuchar la primera voz que a través de los barrotes les cuenta los secretos y a bendecir la primera mano que levanta una punta del velo misterioso!

Pero ser amado realmente por una cortesana es una victoria mucho más difícil. En ellas el cuerpo ha gastado el alma, los sentidos han quemado el corazón, el desenfreno ha acorazado los sentimientos. Las palabras que se les dicen ya hace mucho tiempo que se las saben, los medios que se emplean con ellas los conocen de sobra, y hasta el amor que inspiran lo han vendido. Aman por oficio y no por atracción. Están mejor custodiadas por sus cálculos que una virgen por su madre y su convento. Y así han inventado la palabra capricho para esos amores no comerciales que de cuando en cuando se permiten como descanso, como excusa o como consuelo, de modo semejante a esos usureros que, tras explotar a mil individuos, creen redimirse prestando un día veinte francos a un pobre hombre cualquiera que se está muriendo de hambre sin exigirle intereses ni pedirle recibo.

Y luego, cuando Dios permite el amor a una cortesana, ese amor, que parece en principio un perdón, casi siempre acaba convirtiéndose para ella en un castigo. No hay absolución sin penitencia. Cuando una criatura que tiene todo un pasado que reprocharse se siente de pronto presa de un amor profundo, sincero, irresistible, del que nunca se creyó capaz; cuando ha confesado ese amor, ¡cómo la domina el hombre al que así ama! ¡Cuán fuerte se siente él teniendo el cruel derecho de decirle: «Ya no puedes hacer por amor nada que no hayas hecho por dinero»!

Entonces no saben qué pruebas dar. Cuenta la fábula que un niño, después de haberse divertido mucho tiempo en un campo gritando: «¡Socorro!» para importunar a los trabajadores, un buen día fue devorado por un oso, porque aquellos a quienes había engañado con tanta frecuencia no creyeron aquella vez en los gritos verdaderos que lanzaba. Lo mismo ocurre con esas pobres chicas cuando aman de verdad. Han mentido tantas veces que nadie quiere creerlas, y en medio de sus remordimientos se ven devoradas por su propio amor.

De ahí esas grandes abnegaciones, esos austeros retiros de los que algunas han dado ejemplo.

Pero cuando el hombre que inspira ese amor redentor tiene el alma lo suficientemente generosa para aceptarla sin acordarse del pasado, cuando se abandona a él, cuando ama, en fin, como es amado, ese hombre agota de golpe todas las emociones terrenales y después de ese amor su corazón se cerrará a cualquier otro.

Estas reflexiones no se me ocurrieron la mañana en que volvía a mi casa. Entonces no hubieran podido ser más que el presentimiento de lo que iba a sucederme y, a pesar de mi amor por Marguerite, no vislumbraba yo semejantes consecuencias; se me ocurren hoy. Ahora que todo ha terminado irrevocablemente se desprenden espontáneamente de lo que sucedió.

Pero volvamos al primer día de aquella relación. A la vuelta, yo estaba loco de alegría. Al pensar que las barreras que mi imaginación había alzado entre Marguerite y yo habían desaparecido, que la poseía, que ocupaba un lugar en su pensamiento, que tenía en el bolsillo la llave de su piso y el derecho de servirme de ella, estaba contento de la vida, orgulloso de mí mismo, y amaba a Dios por permitir todo aquello.

Un día un joven pasa por una calle, se cruza con una mujer, la mira, se vuelve, sigue adelante.

Aquella mujer, que él no conoce, tiene placeres, penas, amores, en los que él no tiene nada que ver. Tampoco él existe para ella, y hasta es posible que, si le dijera algo, se burlase de él como Marguerite lo había hecho de mí. Pasan las semanas, los meses, los años y, de pronto, cuando cada uno ha seguido su destino en un orden diferente, la lógica del azar vuelve a ponerlos al uno frente al otro. Aquella mujer se convierte en amante de aquel hombre y lo ama. ¿Cómo? ¿Por qué? Sus dos existencias ya forman una sola; apenas se establece la intimidad, les parece que ha existido siempre, y todo lo que precedió se borra de la memoria de los dos amantes. Confesemos que es curioso.

De mí sé decir que ya no recordaba cómo había vivido hasta la víspera. Todo mi ser se exaltaba de alegría al recuerdo de las palabras intercambiadas durante aquella primera noche. O Marguerite era muy hábil para engañar, o sentía por mí una de esas pasiones súbitas que se revelan desde el primer beso y que a veces mueren también como han nacido.

Cuanto más pensaba en ello, más me decía que Marguerite no tenía ninguna razón para fingir un amor que no hubiera sentido, y me decía también que las mujeres tienen dos formas de amar, que pueden proceder una de otra: aman con el corazón o con los sentidos. Muchas veces una mujer toma un amante, obedeciendo solamente a la voluntad de los sentidos, y, sin habérselo esperado, descubre el misterio del amor inmaterial y no vive más que para su corazón; otras veces una joven que sólo busca en el matrimonio la unión de dos afectos puros recibe la súbita revelación del amor físico, esa enérgica conclusión de las más castas impresiones del alma.

Me dormí en medio de aquellos pensamientos. Me despertó una carta de Marguerite, que contenía estas palabras:

> «Aquí tiene mis instrucciones: Esta noche en el Vaudeville. Venga durante el tercer entreacto.
>
> *»M. G.»*

Guardé la nota en un cajón, con el fin de tener siempre la realidad a mano en caso de que me entraran dudas, como me sucedía por momentos.

Como no me decía nada de que fuera a verla durante el día, no me atrevía a presentarme en su casa; pero tenía tantas ganas de encontrarme con ella antes de la noche que fui a los Campos Elíseos, donde, como el día anterior, la vi pasar y volver.

A las siete ya estaba yo en el Vaudeville.

Nunca había entrado tan pronto en un teatro.

Todos los palcos fueron llenándose uno tras otro. Sólo uno quedaba vacío: el proscenio de platea.

Al empezar el tercer acto oí abrir la puerta de aquel palco, del que no quitaba ojo, y apareció Marguerite.

Pasó en seguida a la parte delantera del palco, buscó por el patio de butacas, me vio y me dio las gracias con la mirada.

Estaba maravillosamente hermosa aquella noche.

¿Era yo la causa de aquella coquetería? ¿Me quería lo suficiente para creer que cuanto más hermosa me pareciera más feliz sería? Aún no lo sabía; pero, si tal había sido su intención, lo había conseguido, pues, cuando apareció, las cabezas ondularon unas hacia otras, y hasta el actor que se hallaba en escena en aquel momento miró a la que turbaba de aquel modo a los espectadores con su sola aparición.

Y yo tenía la llave del piso de aquella mujer, y dentro de tres o cuatro horas iba a ser mía otra vez.

Se vitupera a los que se arruinan por actrices y entretenidas; lo sorprendente es que no hagan por ellas veinte veces más de locuras. Hay que haber vivido, como yo, esa vida para saber cómo las pequeñas vanidades de cada día que proporcionan a su amante van soldando fuertemente en el corazón –pues no tenemos otra palabra– el amor que uno siente por ella.

Prudence se acomodó luego en el palco, y un hombre, en quien reconocí al conde de G***, se sentó al fondo.

Al verlo, un escalofrío me traspasó el corazón.

Sin duda, Marguerite se dio cuenta de la impresión que me había producido la presencia de aquel hombre en su palco, pues me sonrió de nuevo y, dando la espalda al conde, pareció seguir la obra con mucha atención. En el tercer entreacto se volvió, dijo dos palabras, el conde abandonó el palco y Marguerite me hizo una seña para que fuera a verla.

–Buenas noches –me dijo cuando entré, tendiéndome la mano.

–Buenas noches –respondí, dirigiéndome a Marguerite y a Prudence.

–Siéntese.

–No quisiera quitar el sitio a nadie. ¿No va a volver el señor conde de G***?

–Sí; lo he mandado a comprar bombones para que pudiéramos charlar solos un instante. La señora Duvernoy está en el secreto.

–Sí, hijos –dijo ésta–, pero no os preocupéis, que no diré nada.

–¿Qué le pasa esta noche? –dijo Marguerite, levantándose y yendo hasta la sombra del palco para besarme en la frente.

–No me siento muy bien.

–Entonces será mejor que vaya a acostarse –repuso con aquel aire irónico que tan bien le iba a su rostro delicado y ocurrente.

–¿Adónde?

–A su casa.

–Bien sabe usted que allí no podría dormir.

–Entonces no venga aquí arrugándonos el morrito porque ha visto un hombre en mi palco.

–No era por eso.

–Claro que sí, bien sé yo lo que me digo, y usted está equivocado, así que no hablemos más de esto. Vaya después del espectáculo a casa de Prudence y quédese allí hasta que yo lo llame. ¿Entendido?

–Sí.

¿Acaso podía desobedecer?

–¿Sigue queriéndome? –prosiguió.

–¡Y usted me lo pregunta!

–¿Ha pensado en mí?

–Todo el día.

–¿Sabe una cosa? Decididamente, me temo que voy a enamorarme de usted. Pregúnteselo si no a Prudence.

–¡Ah! –respondió la gorda–. ¡Menudo latazo!

–Ahora vuelva a su butaca; el conde va a regresar, y es mejor que no lo encuentre aquí.

–¿Por qué?

–Porque le resulta a usted desagradable verlo.

–No; sólo que, si usted me hubiera dicho que deseaba venir esta noche al Vaudeville, yo habría podido enviarle este palco tan bien como él.

–Por desgracia, me lo llevó sin que yo se lo pidiera, y se ofreció para acompañarme. Sabe usted muy bien que no podía negarme. Todo lo que podía hacer era escribirle dónde iba para que usted me viese y para tener yo también el placer de volver a verlo antes; pero, ya que me lo agradece así, tendré en cuenta la lección.

–Me he equivocado, perdóneme.

–Enhorabuena; hala, sea bueno y vuélvase a su sitio, y sobre todo no se me ponga celoso.

Me besó otra vez y salí.

En el pasillo me encontré con el conde, que ya volvía.

Torné a mi butaca.

Después de todo, la presencia del señor de G*** en el palco de Marguerite era la cosa más normal. Había sido su amante, le llevaba un palco, la acompañaba al espectáculo: todo era muy natural, y desde el momento en que yo tenía por amante a una chica como Marguerite no me quedaba más remedio que aceptar sus costumbres.

No por eso dejé de sentirme menos desdichado el resto de la velada, y al irme me encontraba muy triste, después de haber visto a Prudence, al conde y a Marguerite subir a la calesa que los esperaba a la puerta.

Y, sin embargo, un cuarto de hora después ya estaba yo en casa de Prudence. Ella acababa de entrar.

Capítulo 13

–Ha llegado usted casi tan deprisa como nosotros –me dijo Prudence.

–Sí –respondí maquinalmente–. ¿Dónde está Marguerite?

–En su casa.

–¿Sola?

–Con el señor de G***.

Me paseaba a grandes pasos por el salón.

–Pero bueno, ¿qué le pasa?

–¿Cree usted que me parece divertido esperar aquí a que el señor de G*** salga de casa de Marguerite?

–Tampoco usted es muy razonable que digamos. Comprenda que Marguerite no puede echar al conde a la calle. El señor de G*** ha estado mucho tiempo con ella, siempre le ha dado mucho dinero y todavía se lo da. Marguerite gasta más de cien mil francos al año; tiene muchas deudas. El duque le envía lo que le pide, pero no siempre se atreve a pedirle todo lo que necesita. No puede romper con el conde, que le proporciona diez mil francos al año por lo menos. Marguerite le tiene a usted mucho cariño, querido amigo, pero, mirando el interés de ambos, su relación con ella no debe llegar a nada serio. Con sus siete u ocho mil francos de renta no podría usted mantener el lujo de una chica así; no bastarían ni para el cuidado de su coche. Tome a Marguerite como es: una buena chica ingeniosa y bonita; sea su amante un mes, dos meses; cómprele flores, bombones y palcos; pero no se meta otra cosa en la cabeza y no le haga escenas ridículas de celos. Sabe muy bien con quién está tratando: Marguerite no es precisamente una virtud. Usted le gusta, usted la aprecia, no se preocupe de lo demás. ¡Me encanta viéndolo hacerse el susceptible! ¡Tiene la amante más apetecible de París, lo recibe en un piso magnífico, está forrada de diamantes, no le costará un céntimo si quiere, y todavía no está contento! ¡Pide usted demasiado, qué demonios!

–Tiene razón, pero es más fuerte que yo; la idea de que ese hombre es su amante me hace un daño horrible.

–En primer lugar –repuso Prudence–, ¿es aún su amante? Es un hombre al que necesita, eso es todo. Lleva dos días cerrándole la puerta; pero ha venido esta mañana, y ella no ha tenido más remedio que aceptar su palco y dejarse acompañar. La trae hasta aquí, sube un momento a su casa y no se queda, puesto que usted espera aquí. Me parece que todo esto es muy natural. Por otra parte, al duque lo tolera, ¿no?

–Sí, pero es un anciano y estoy seguro de que Marguerite no es su amante. Además, muchas veces uno puede llegar a tolerar una relación y no tolerar dos. Esa facilidad se parece mucho a un cálculo, y el hombre que consiente en ella, incluso por amor, se acerca a los que, en una escala más baja, hacen de ese consentimiento oficio, y de ese oficio dinero.

–¡Pero, hombre, qué atrasado está usted! ¡A cuántos he visto yo, y de los más nobles, más elegantes y más ricos, hacer lo que le aconsejo a usted, y eso sin esfuerzos, sin vergüenza, sin remordimiento! ¡Pero si esto es algo que se ve todos los días! ¿Qué quiere que hagan las entretenidas de París para mantener el tren de vida que llevan, si no tuvieran tres o cuatro amantes a la vez? No hay fortuna, por considerable que sea, capaz de sufragar por sí sola los gastos de una mujer como Marguerite. Una fortuna de quinientos mil francos de renta es en Francia una fortuna enorme; pues bien, querido amigo, quinientos mil francos de renta no bastarían para cubrir gastos, y vea por qué: un hombre con tales ingresos tiene también una casa montada, caballos, criados, coches, cacerías, amigos; generalmente está casado, tiene hijos, toma parte en las carreras, juega, viaja, ¡qué sé yo! Todas esas costumbres están arraigadas de tal manera que es imposible prescindir de ellas sin pasar por estar arruinado y sin armar un escándalo. En resumidas cuentas, con quinientos mil francos anuales no se puede dar a una mujer más de cuarenta o cincuenta mil francos al año, y no es poco. Pues bien, otros amores tendrán que completar el gasto anual de esa mujer. En el caso de Marguerite resulta aún más cómodo: por un milagro del cielo ha caído sobre un viejo rico con diez millones, y encima su mujer y su hija han muerto, no tiene más que sobrinos también ricos, y le da todo lo que quiere sin pedirle nada a cambio; pero ella no puede pedirle más de setenta mil francos al año, y estoy segura de que, si le pidiera más, a pesar de su fortuna y del afecto que siente por ella, se lo negaría. Todos esos jóvenes que tienen veinte o treinta mil libras de renta en París, es decir, que apenas si les da para vivir en el mundo que frecuentan, cuando son amantes de una mujer como Marguerite, saben perfectamente que con lo que le dan ni siquiera podría pagar el piso y los criados. No le dicen que lo saben, hacen como si no vieran nada, y cuando se hartan se van. Si tienen la vanidad de correr con todos los gastos, se arruinan tontamente y van a buscar la muerte a África después de haber dejado cien mil francos de deudas en París. ¿Cree usted que esa mujer se lo agradece? De ninguna manera. Por el contrario, dirá que ha sacrificado su posición y que, mientras andaba con ellos, estaba perdiendo dinero. ¡Ah!, le parecen vergonzosos estos detalles, ¿eh? Pues es la pura verdad. Es usted un muchacho encantador y lo estimo de todo corazón; pero llevo veinte años viviendo con entretenidas, sé lo que son y lo que valen, y no quisiera ver que se toma en serio el capricho que una chica bonita ha tenido por usted. Aparte de esto –continuó Prudence–, admitamos que Marguerite lo quiere a usted lo suficiente para renunciar al conde y al duque, en caso de que éste se diera cuenta de sus relaciones y le planteara el dilema de elegir entre usted y él: es incontestable que el sacrificio que haría por usted sería enorme. ¿Y podría usted hacer por ella un sacrificio igual? Cuando llegase la saciedad, cuando estuviese al fin cansado de ella, ¿qué haría para resarcirla de todo lo que le hizo perder? Nada. La habría aislado del mundo en que se hallaban su fortuna y su porvenir, ella le habría dado sus mejores años y sería olvidada. O sería usted un hombre ordinario, y entonces, echándole en cara su pasado, le diría que al dejarla no hacía más que obrar como sus otros amantes, y la abandonaría a una miseria segura; o sería usted un hombre honrado y, creyéndose obligado a seguir a su lado, se entregaría usted mismo a una desgracia inevitable, pues una relación así, excusable en un joven, ya no lo es en un hombre maduro. Se convierte en un obstáculo para todo, no permite tener familia ni ambición, esos segundos y últimos amores del hombre. Así pues, amigo mío, créame, acepte las cosas en lo que valen y a las mujeres como son, y no conceda a una entretenida el derecho de llamarse su acreedora, de cualquier modo que sea.

No estaba aquello mal razonado y tenía una lógica de que no hubiera creído capaz a Prudence. No hallaba nada que responderle, sino que tenía razón; le di la mano y le agradecí sus consejos.

–Vamos, vamos –me dijo–, olvide esas perniciosas teorías y ríase; la vida es encantadora, amigo mío, todo depende del cristal con que se la mira. Mire, hable con su amigo Gaston: ahí tiene alguien que me da la impresión de que entiende el amor como lo entiendo yo. De lo que tiene usted que convencerse, y sin eso se convertirá usted en un muchacho insípido, es de que aquí al lado hay una chica guapa que espera con impaciencia que el hombre que está en su casa se vaya, que piensa en usted, que le reserva la noche y que lo quiere, estoy segura. Ahora venga conmigo a asomarse a la ventana y veremos salir al conde, que no tardará en dejarnos el sitio libre.

Prudence abrió una ventana y nos acodamos sobre el alféizar el uno al lado del otro.

Ella miraba a los escasos transeúntes, yo soñaba.

Todo lo que me había dicho me zumbaba en la cabeza y no podía dejar de convenir en que tenía razón: pero el amor real que yo sentía por Marguerite tenía dificultad para avenirse con aquella razón. Y así, de cuando en cuando lanzaba yo unos suspiros que hacían volverse a Prudence y le hacían encogerse de hombros, como un médico que desespera de curar a un enfermo.

«¡Qué pronto se da uno cuenta de lo corta que debe ser la vida –me decía a mí mismo–, a juzgar por la rapidez de las sensaciones! Sólo hace dos días que conozco a Marguerite, sólo desde ayer es mi amante, y ya ha invadido de tal modo mi pensamiento, mi corazón y mi vida que la visita de ese conde de G*** supone una desgracia para mí.»

Al fin el conde salió, subió a su coche y desapareció. Prudence cerró la ventana.

En aquel mismo instante Marguerite nos llamaba.

–Vengan deprisa, están poniendo la mesa –decía–, vamos a cenar.

Cuando entré en su casa, Marguerite corrió hacia mí, me saltó al cuello y me besó con todas sus fuerzas.

–¿Qué, todavía seguimos de mal humor? –me dijo.

–No, se acabó –respondió Prudence–, he estado echándole un sermón y ha prometido ser bueno.

–¡Enhorabuena!

No pude evitar echar una ojeada a la cama: no estaba deshecha. Marguerite ya estaba en peinador blanco.

Nos pusimos a la mesa.

Encanto, dulzura, expansión, Marguerite lo tenía todo, y de cuando en cuando me veía obligado a reconocer que no tenía derecho a pedirle nada más, que muchos se sentirían felices en mi lugar y que, como el pastor de Virgilio, no tenía más que gozar de los placeres que un dios[1] o, por mejor decir, una diosa me concedía.

Intenté poner en práctica las teorías de Prudence y mostrarme tan alegre como mis dos compañeras, pero lo que en ellas era natural en mí resultaba forzado, y mi risa nerviosa, aunque las engañase a ellas, estaba muy cerca de las lágrimas.

Al fin terminó la cena y me quedé solo con Marguerite. Fue a sentarse en la alfombra ante el fuego,

---

1. Dumas alude al verso 6 de la *Bucólica*, I, del poeta latino Publio Virgilio Marón (70-19 a. C.): «O Meliboee, deus nobis haec otia fecit» («Melibeo, / esta paz que disfruto un dios me ha dado», según la traducción de Espinosa Pólit, Virgilio, *Obras completas*, Madrid, Cátedra, 2003, p. 95).

como tenía por costumbre, y se puso a mirar con aire triste la llama del hogar.

¡Pensaba! ¿En qué? Lo ignoro; yo la miraba con amor y casi con terror, al considerar lo que estaba dispuesto a sufrir por ella.

–¿Sabes en qué estaba pensando?

–No.

–En un proyecto que se me ha ocurrido.

–¿Y cuál es ese proyecto?

–Aún no puedo decírtelo, pero puedo decirte su resultado. Y el resultado será que dentro de un mes seré libre, no deberé nada a nadie y nos iremos a pasar juntos el verano en el campo.

–¿Y no puede decirme de qué medios se valdrá?

–No, lo único que hace falta es que me quieras como yo te quiero, y todo saldrá bien.

–¿Y ha encontrado usted sola ese proyecto?

–Sí.

–¿Y lo llevará a cabo sola?

–Yo correré con las preocupaciones –me dijo Marguerite con una sonrisa que no olvidaré jamás–, pero los dos compartiremos los beneficios.

Al oír la palabra beneficios no pude dejar de enrojecer, recordaba a Manon Lescaut comiéndose con Des Grieux el dinero del señor de B***[2].

---

2. Nada más conocer a Des Grieux, Manon Lescaut acepta al señor de B***, el cual «se había declarado a ella como lo hacen los ricachones, o sea, indicando en una carta que el pago guardaría proporción con los favores recibidos». Manon lo abandona después, llevándose «las alhajas y unos 60.000 francos que de él ha recibido», para irse a vivir con Des Grieux.

Respondí en un tono un tanto duro al tiempo que me levantaba:

–Permítame, querida Marguerite, que no comparta más beneficios que los que produzcan las empresas que idee y explote yo mismo.

–¿Qué significa eso?

–Significa que tengo muchas sospechas de que el señor conde de G*** esté asociado con usted en este feliz proyecto, del que no acepto las cargas ni los beneficios.

–Es usted un niño. Creía que me quería, pero me he equivocado; está bien.

Y al mismo tiempo se levantó, abrió el piano y se puso otra vez a tocar la *Invitación al vals,* hasta llegar al famoso pasaje en tono mayor que la hacía detenerse siempre.

¿Fue por costumbre o para recordarme el día en que nos conocimos? Lo único que sé es que con aquella melodía se reavivaron los recuerdos y, acercándome a ella, tomé su cabeza entre mis manos y la besé.

–¿Me perdona? –le dije.

–Ya lo ve –me respondió–, pero observe que no estamos más que en el segundo día y ya tengo algo que perdonarle. Mal cumple usted sus promesas de obediencia ciega.

–Qué quiere usted, Marguerite, la amo demasiado y tengo celos hasta del menor de sus pensamientos. Lo que me ha propuesto hace un momento me volverá loco de alegría, pero el misterio que precede a la ejecución de ese plan me oprime el corazón.

–Vamos a ver si razonamos un poco –prosiguió, cogiéndome las dos manos y mirándome con una sonrisa encantadora, a la que me era imposible resistir–, usted me quiere, ¿verdad?, y sería feliz si pudiera pasar en el campo tres o cuatro meses a solas conmigo; también yo sería feliz en esa soledad compartida por los dos, y no sólo sería feliz, sino que lo necesito para mi salud. No puedo irme de París tanto tiempo sin poner en orden mis asuntos, y los asuntos de una mujer como yo siempre están muy embrollados; bueno, pues he encontrado el medio de compaginarlo todo, mis asuntos y mi amor por usted, sí, por usted, no se ría, ¡me ha dado la locura de quererlo!, y, mire usted por dónde, viene dándose aires solemnes y diciéndome palabras altisonantes. Niño, más que niño, acuérdese sólo de que lo quiero y no se preocupe de nada. Vamos a ver, ¿en qué quedamos?

–Quedamos en todo lo que quiera, bien lo sabe usted.

–Entonces, antes de un mes, estaremos en algún pueblecito paseándonos a la orilla del agua y bebiendo leche. Quizá le parezca extraño que yo, Marguerite Gautier, hable así; se debe, amigo mío, a que cuando esta vida de París, que tan feliz parece hacerme, no me abrasa, me aburre, y entonces siento súbitas aspiraciones hacia una existencia más tranquila que me recuerde mi infancia. Todos hemos tenido una infancia, seamos ahora lo que seamos. ¡Oh, tranquilícese, no voy a decirle que soy hija de un coronel retirado y que fui educada en

Saint-Denis[3]! Soy una pobre campesina, y hace seis años aún no sabía escribir mi nombre. Ya está usted tranquilo, ¿no? ¿Por qué me he dirigido a usted antes que a nadie para compartir la alegría del deseo que me ha entrado? Sin duda porque he comprendido que me quiere por mí y no por usted, mientras que los demás nunca me han querido más que por sí mismos. He estado muchas veces en el campo, pero nunca como hubiera querido ir. Cuento con usted para esta sencilla felicidad, así que no sea malo y concédamela. Piense lo siguiente: «No llegará a vieja, y un día me arrepentiré de no haber hecho por ella lo primero que me pidió, con lo fácil de hacer que era».

¿Qué responder a semejantes palabras, sobre todo con el recuerdo de una primera noche de amor y en espera de la segunda?

Una hora después tenía a Marguerite entre mis brazos, y, si me hubiera pedido que cometiera un crimen, la hubiera obedecido.

A las seis de la mañana me marché, y antes de marcharme le dije:

–¿Hasta esta noche?

Me besó más fuerte, pero no me respondió.

Durante el día recibí una carta que contenía estas palabras:

3. Marguerite se refiere al Colegio de la Legión de Honor, fundado por Napoleón Bonaparte, donde se educaban los hijos de los Caballeros de la Legión de Honor que tuvieran como mínimo el grado de capitán.

«Querido mío:

»Estoy algo indispuesta, y el médico me ordena reposo. Esta noche me acostaré pronto y no lo veré a usted. Pero, en recompensa, lo espero mañana a mediodía. Lo quiero».

Mis primeras palabras fueron: «¡Me engaña!».

Un sudor helado recorrió mi frente, pues quería ya demasiado a aquella mujer para que no me trastornase la sospecha.

Y sin embargo, tratándose de Marguerite, debía esperarme un acontecimiento así casi a diario, cosa que me había ocurrido muchas veces con otras amantes, sin que me preocupase demasiado. ¿A qué se debía, pues, el dominio que aquella mujer ejercía sobre mi vida?

Entonces, puesto que tenía la llave de su casa, pensé en ir a verla como de costumbre. De ese modo sabría realmente la verdad y, si encontraba a un hombre allí, lo abofetearía.

Entre tanto fui a los Campos Elíseos. Estuve allí cuatro horas. No apareció. Por la noche entré en todos los teatros donde ella solía ir. No estaba en ninguno.

A las once me dirigí a la calle de Antin.

No había luz en las ventanas de Marguerite. Sin embargo, llamé.

El portero me preguntó dónde iba.

–A casa de la señorita Gautier –le dije.

–No ha vuelto.

–Subiré a esperarla.

–No hay nadie en casa.

Evidentemente era una consigna que podía forzar, puesto que tenía la llave, pero temía armar un escándalo ridículo y salí.

Sólo que no volví a mi casa, no podía dejar la calle y no perdía de vista la casa de Marguerite. Me parecía que aún me enteraría de algo, o por lo menos que iban a confirmarse mis sospechas.

Hacia las doce un cupé que conocía perfectamente se paró cerca del número 9.

El conde de G*** bajó de él y entró en la casa, tras haber despedido a su coche.

Por un momento esperé que, como a mí, le dirían que Marguerite no estaba en casa y que volvería a verlo salir; pero a las cuatro de la mañana seguía esperando todavía.

He sufrido mucho en estas tres últimas semanas, pero creo que no ha sido nada en comparación con lo que sufrí aquella noche.

Capítulo 14

Al llegar a casa, me puse a llorar como un niño. No hay hombre que no haya sido engañado al menos una vez y que no sepa lo que se sufre.

Bajo el peso de las resoluciones de la fiebre, que siempre nos creemos con fuerza para cumplir, me dije que tenía que romper inmediatamente con aquel amor, y esperé el día con impaciencia para ir a reservar billete y volver al lado de mi padre y de mi hermana, doble amor del que estaba seguro y que ése sí que no me engañaría.

Sin embargo, no quería irme sin que Marguerite supiera exactamente por qué me iba. Sólo un hombre que definitivamente ya no quiere a su amante puede abandonarla sin escribirle.

Escribí y volví a escribir veinte cartas en mi cabeza.

Estaba claro que había estado tratando con una chica parecida a todas las entretenidas, la había poetizado en exceso, y ella me había tratado como a un escolar, empleando para engañarme una treta de una simplicidad insultante. Entonces mi amor propio se sublevó. Tenía que abandonar a aquella mujer sin darle la satisfacción de saber lo que me hacía sufrir aquella ruptura, y, con mi letra más elegante y lágrimas de rabia y de dolor en los ojos, le escribí lo siguiente:

«Mi querida Marguerite:

»Espero que su indisposición de ayer no haya sido grave. A las once de la noche estuve a preguntar por usted y me dijeron que no había vuelto. El señor de G*** tuvo más suerte que yo, pues se presentó unos instantes después, y a las cuatro de la mañana aún seguía en su casa.

»Perdóneme las pocas horas aburridas que le he hecho pasar, y puede estar segura de que no olvidaré jamás los momentos felices que le debo.

»Desearía ir hoy a saber de usted, pero pienso volver a casa de mi padre.

»Adiós, mi querida Marguerite, no soy lo suficientemente rico para amarla como yo querría ni lo suficientemente pobre para amarla como querría usted. Olvidemos, pues, usted un nombre que debe de serle casi indiferente y yo una felicidad que me resulta imposible.

»Le devuelvo su llave, que nunca me ha servido y que podrá serle útil, si se pone a menudo tan enferma como se puso ayer».

Ya ve usted, no tuve valor para terminar aquella carta sin añadir una impertinente ironía, que demostraba lo enamorado que aún estaba de ella.

Leí y releí diez veces la carta, y la idea de que daría un disgusto a Marguerite me calmó un poco. Intentaba enardecerme con los sentimientos que la carta afectaba y, cuando a las ocho llegó a casa mi criado, se la di para que la llevara en seguida.

–¿Hay que esperar respuesta? –me preguntó Joseph (pues mi criado, como todos los criados, se llamaba Joseph).

–Si le preguntan si espera respuesta, diga que no sabe y aguarde.

Me agarraba a la esperanza de que me respondiera.

¡Qué pobres y débiles somos!

Todo el tiempo que mi criado estuvo fuera me vi preso de una agitación extrema. Unas veces, recordando cómo Marguerite se había entregado a mí, me preguntaba con qué derecho le escribía una carta tan impertinente, cuando podía responderme que no era el señor de G*** quien me engañaba, sino yo quien engañaba al señor de G***, razonamiento que permite a muchas mujeres tener varios amantes. Otras veces, recordando los juramentos de aquella chica, quería convencerme de que mi carta aún era demasiado suave y que no había expresiones bastante fuertes para afrentar a una mujer que se reía de un amor tan sincero como el mío. Luego me decía que habría sido mejor no escribirle e ir a su casa durante el día, y que de ese modo habría gozado con las lágrimas que le habría hecho derramar.

Finalmente me preguntaba qué me respondería, dispuesto ya a creer la excusa que me diera.

Volvió Joseph.

–¿Y qué? –le dije.

–Señor –me respondió–, la señora estaba acostada y aún no se había despertado, pero en cuanto llame le entregarán la carta y, si hay respuesta, la traerán.

¡Dormía!

Veinte veces estuve a punto de mandar a buscar aquella carta, pero siempre me decía:

«Quizá se la hayan entregado ya y parecerá que me he arrepentido».

Cuanto más se acercaba la hora en que era verosímil que me respondiera, más lamentaba haberla escrito.

Dieron las diez, las once, las doce.

A las doce era el momento de acudir a la cita, como si nada hubiera sucedido. Al fin no sabía qué imaginar para salir del círculo de hierro que me oprimía.

Entonces, con esa superstición propia del que espera, creí que, si salía un rato, a la vuelta encontraría una respuesta. Las respuestas que se esperan con impaciencia siempre llegan cuando uno no está en casa.

Salí con el pretexto de ir a comer.

En vez de comer en el Café Foy, en la esquina del bulevar, como tenía por costumbre, preferí ir a comer al Palais-Royal y pasar por la calle de Antin. Cada vez que divisaba una mujer de lejos, creía ver a Nanine que me llevaba una respuesta. Pasé por la calle de Antin sin encontrarme siquiera con un recadero. Llegué al Palais-Royal y entré en el Véry. El camarero me dio de comer o, por mejor decir, me sirvió lo que quiso, pues no comí nada.

Sin querer, mis ojos seguían fijos en el reloj de pared.

Volví, convencido de que iba a encontrar una carta de Marguerite.

El portero no había recibido nada. Todavía quedaba mi criado. Pero éste no había visto a nadie desde mi salida.

Si Marguerite me hubiera respondido, ya lo habría hecho hace tiempo.

Entonces empecé a lamentar los términos de mi carta; hubiera debido callarme completamente, y eso sin duda la hubiera obligado en su inquietud a dar el primer paso; pues, al no verme acudir a la cita de la víspera, se habría preguntado las razones de mi ausencia, y sólo entonces hubiera debido dárselas. De ese modo ella no habría podido hacer otra cosa que disculparse, y lo que yo quería era que se disculpara. Sentía ya que habría creído cualquier razón que hubiera pretextado, y que habría preferido cualquier cosa antes que no volver a verla.

Llegué a creer que vendría ella misma a mi casa, mas pasaron las horas y no vino.

Decididamente, Marguerite no era como las demás mujeres, pues hay pocas que, recibiendo una carta como la que yo acababa de escribir, no respondan algo.

A las cinco corrí a los Campos Elíseos.

«Si me encuentro con ella –pensaba–, afectaré un aire indiferente, y se convencerá de que ya no pienso en ella.»

Al doblar por la calle Royale la vi pasar en su coche; el encuentro fue tan brusco, que palidecí. Ignoro si vio mi emoción; yo estaba tan turbado, que no vi más que su coche.

No seguí mi paseo hasta los Campos Elíseos. Miraba los carteles de los teatros, pues aún me quedaba una oportunidad de verla.

Había un estreno en el Palais-Royal. Evidentemente Marguerite asistiría a él.

A las siete ya estaba yo en el teatro.

Se llenaron todos los palcos, pero Marguerite no apareció.

Dejé entonces el Palais-Royal y entré en todos los teatros adonde iba ella más a menudo: el Vaudeville, el Variétés y la Ópera Cómica.

No estaba en ninguno.

O mi carta la había apenado demasiado para andar ocupándose de espectáculos, o temía encontrarse conmigo y quería evitar una explicación.

Eso era lo que mi vanidad me iba soplando por el bulevar cuando me encontré con Gaston, que me preguntó de dónde venía.

–Del Palais-Royal.

–Y yo de la Ópera –me dijo–; por cierto, creí que lo vería a usted allí.

–¿Por qué?

–Porque estaba Marguerite.

–¿Ah, estaba allí?

–Sí.

–¿Sola?

–No, con una amiga.

–¿Y nadie más?

–El conde de G*** ha estado un momento en su palco; pero ella se ha ido con el duque. A cada instante creía que iba a verlo aparecer a usted. Había a mi lado una butaca que ha estado vacía todo el tiempo, y estaba convencido de que estaba reservada para usted.

–¿Pero por qué voy a ir yo donde va Marguerite?

–¡Pardiez, pues porque es usted su amante!

–¿Y quién se lo ha dicho?

–Prudence, que me la encontré ayer. Lo felicito, amigo mío; es una linda amante que no la tiene todo el que quiere. Consérvela, que ella lo honra.

Aquel simple comentario de Gaston me demostró cuán ridículas eran mis susceptibilidades.

Si me lo hubiera encontrado el día anterior y me hubiera hablado así, desde luego no habría escrito la estúpida carta de la mañana.

Estuve a punto de ir a casa de Prudence y de enviarla a decir a Marguerite que tenía que hablar con ella, pero temía que por vengarse me respondiera que no podía recibirme, y volví a mi casa después de haber pasado por la calle de Antin.

Pregunté otra vez al portero si había alguna carta para mí.

¡Nada!

«Habrá querido ver si daba otro paso y si hoy me retractaba de mi carta –pensé al acostarme–, pero, al ver que no le escribo, me escribirá mañana.»

Aquella noche sobre todo me arrepentí de lo que había hecho. Estaba solo en mi casa, sin poder dormir, devorado de inquietud y de celos, cuando, de haber dejado que las cosas siguieran su verdadero curso, hubiera debido estar al lado de Marguerite, oyéndole decirme las encantadoras palabras que sólo había oído dos veces y que en mi soledad me abrasaban los oídos.

Lo más horrible de mi situación era que el razonamiento no me daba la razón; en efecto, todo me decía que Marguerite me quería. Primero, ese proyecto de pasar un verano sólo conmigo en el campo, luego esa certidumbre de que nada la obligaba a ser mi amante, puesto que mi fortuna era insuficiente para sus necesidades e incluso para sus caprichos. En ella, pues, no había habido más esperanza que la de encontrar en mí un afecto sincero, capaz de hacerla descansar de los amores mercenarios en medio de los que vivía, y ya al segundo día destruía yo aquella esperanza y pagaba con una ironía impertinente el amor aceptado durante dos noches. Lo que estaba haciendo, pues, más que ridículo era poco delicado. ¿Había pagado siquiera a aquella mujer para tener derecho a censurar su vida, y no parecía más bien retirándome al segundo día un parásito de amor que teme que le retiren la carta de su comida? ¡Cómo! Hacía treinta y seis horas que conocía a Marguerite, hacía veinticuatro que era su amante, y me hacía el susceptible; y en vez de alegrarme de que me reservase una parte para mí, quería tenerlo todo para mí solo y obligarla a romper de golpe las relaciones de su pasado, que eran los ingresos de su futuro. ¿Qué tenía que reprocharle? Nada. Me había escrito diciéndome que estaba indispuesta, cuando pudo haberme dicho crudamente, con esa odiosa franqueza de algunas mujeres, que tenía que recibir a un amante; y en vez de creer en su carta, en vez de irme a pasear por todas las calles de París excepto por la calle de Antin, en vez de pasar la noche con mis amigos y presentarme al día siguiente a la hora que me había indicado, yo hacía de Otelo, la espiaba y creía castigarla no viéndola más. Por el contrario, debía de estar encantada de tal separación, debía de parecerle soberanamente bobo, y su silencio ni siquiera era rencor, era desdén.

Hubiera debido hacer entonces a Marguerite un regalo que no dejara duda alguna acerca de mi generosidad, y que me hubiera permitido, al tratarla como una entretenida, creerme en paz con ella; pero con la menor apariencia comercial habría creído ofender, si no el amor que ella sentía por mí, al menos el amor que yo sentía por ella, y, puesto que este amor era tan puro que no admitía división, no podía pagar con un presente, por hermoso que fuera, la felicidad que se le había concedido por corta que hubiera sido.

Eso es lo que me estuve repitiendo toda la noche, y lo que a cada instante estaba dispuesto a ir a decir a Marguerite.

Cuando se hizo de día, aún no dormía y tenía fiebre; no podía dejar de pensar en Marguerite.

Como comprenderá usted, había que tomar una resolución definitiva y terminar con aquella mujer o con mis escrúpulos, si es que aún consentía en recibirme.

Pero ya sabe usted que siempre aplazamos las resoluciones definitivas: así que, como no podía quedarme en mi casa ni me atrevía a presentarme en la de Marguerite, intenté un medio de acercarme a ella, un medio que mi amor propio pudiera atribuir al azar en caso de que diera resultado.

Eran las nueve; corrí a casa de Prudence, que me preguntó a qué debía aquella visita matinal.

No me atreví a decirle francamente lo que me llevaba allí. Le respondí que había salido temprano para reservar un billete en la diligencia de C***, donde vivía mi padre.

–Tiene usted mucha suerte –me dijo–: poder dejar París con este tiempo tan hermoso.

Miré a Prudence y me pregunté si no estaba burlándose de mí.

Pero su rostro estaba serio.

–¿Irá a decir adiós a Marguerite? –prosiguió con la misma seriedad.

–No.

–Hace usted bien.

–¿Cree usted?

–Naturalmente. Si ha roto con ella, ¿para qué volver a verla?

–¿Entonces sabe lo de nuestra ruptura?

–Me ha enseñado su carta.

–¿Y qué le ha dicho?

–Me ha dicho: «Querida Prudence, su protegido es un maleducado: estas cartas se piensan, pero no se escriben».

–¿Y en qué tono se lo ha dicho?

–Riéndose, y ha añadido: «Ha cenado dos veces en mi casa, y ni siquiera me ha hecho una visita de estómago agradecido».

Ése era el efecto que mi carta y mis celos habían producido. Me vi cruelmente humillado en la vanidad de mi amor.

–¿Y qué hizo ayer por la noche?

–Estuvo en la Ópera.

–Ya lo sé. ¿Y después?

–Cenó en su casa.

–¿Sola?

–Creo que con el conde de G***.

Así pues, mi ruptura no había modificado nada las costumbres de Marguerite.

Es en estas circunstancias cuando la gente suele decirte: «No tenía usted que pensar tanto en esa mujer que no lo quería».

–Vaya, me alegra saber que Marguerite no se aflige por mí –repuse con una sonrisa forzada.

–Y tiene mucha razón. Usted ha hecho lo que debía hacer, ha sido usted más razonable que ella, pues esa chica lo quería, no hacía más que hablar de usted, y habría sido capaz de cualquier locura.

–¿Por qué no me ha contestado, si me quiere?

–Porque ha comprendido que había cometido un error al quererlo a usted. Además, las mujeres permiten a veces que se traicione su amor, pero nunca que hieran su amor propio, y siempre se hiere el amor propio de una mujer cuando, a los dos días de ser su amante, uno la abandona, cualesquiera que sean las razones que alegue para esa ruptura. Conozco a Marguerite, y moriría antes de contestarle.

–Entonces, ¿qué tengo que hacer?

–Nada. Ella lo olvidará a usted, usted la olvidará a ella y no tendrán nada que reprocharse uno a otro.

–¿Y si le escribiera pidiéndole perdón?

–No se le ocurra, pues lo perdonaría.

Estuve a punto de saltar al cuello de Prudence.

Un cuarto de hora después ya estaba en mi casa escribiendo a Marguerite:

> «Alguien que se arrepiente de una carta que escribió ayer, que se irá mañana si usted no lo perdona, desearía saber a qué hora podrá ir a depositar su arrepentimiento a sus pies.
>
> »¿Cuándo podrá encontrarla sola? Ya sabe usted que las confesiones deben hacerse sin testigos».

Doblé aquella especie de madrigal en prosa y se lo envié con Joseph, que entregó la carta a Marguerite en persona, quien le respondió que contestaría más tarde.

Sólo salí un instante para ir a comer, y a las once de la noche aún no había recibido respuesta.

Entonces decidí no seguir sufriendo más tiempo y marcharme al día siguiente.

A raíz de aquella decisión, convencido de que si me acostaba no dormiría, me puse a hacer las maletas.

Capítulo 15

Llevaríamos Joseph y yo una hora poco más o menos preparándolo todo para mi marcha cuando llamaron violentamente a la puerta.

–¿Abro? –me dijo Joseph.

–Abra –le dije, preguntándome quién podría venir a mi casa a tales horas y no atreviéndome a creer que fuera Marguerite.

–Señor –me dijo Joseph al volver–, son dos señoras.

–Somos nosotras, Armand –gritó una voz que reconocí ser la de Prudence.

Salí de mi habitación.

Prudence, de pie, miraba las pocas curiosidades de mi salón. Marguerite, sentada en el canapé, reflexionaba.

Nada más entrar me dirigí hacia ella, me arrodillé, le cogí las dos manos, y muy emocionado le dije:

–¡Perdón!

Ella me besó en la frente y me dijo:

–Ya es la tercera vez que lo perdono.

–Iba a marcharme mañana.

–Mi visita no tiene por qué cambiar su decisión. No vengo para impedirle que abandone París. Vengo porque no he tenido tiempo de contestarle en todo el día y no he querido que creyera que estaba enfadada con usted. Y eso que Prudence no quería que viniese; decía que tal vez lo molestaría.

–¡Usted, molestarme usted, Marguerite! ¿Y cómo?

–¡Toma! Podía tener usted una mujer en casa –respondió Prudence–, y no hubiera sido divertido para ella ver llegar otras dos.

Durante aquella observación de Prudence, Marguerite me miraba atentamente.

–Querida Prudence –respondí–, no sabe usted lo que dice.

–Tiene usted un piso muy bonito –replicó Prudence–. ¿Se puede ver el dormitorio?

–Sí.

Prudence entró en mi habitación, no tanto para visitarla cuanto para reparar la tontería que acababa de decir, y nos dejó solos a Marguerite y a mí.

–¿Por qué ha traído a Prudence? –le dije entonces.

–Porque estábamos juntas en el teatro, y al salir de aquí quería tener alguien que me acompañara.

–¿Y no estoy yo aquí?

–Sí; pero, aparte de que no quería molestarlo, estaba segura de que al llegar a mi puerta me pediría subir a mi casa, y, como no podía concedérselo, no quería que se fuera con derecho a reprocharme una negativa.

–¿Y por qué no podía recibirme?

–Porque estoy muy vigilada y la menor sospecha podría hacerme un gran perjuicio.

–¿Es ésa la única razón?

–Si hubiera otra, se la diría; ya hemos dejado de tener secretos el uno para el otro.

–Vamos a ver, Marguerite, no quiero andarme con rodeos para llegar a lo que quiero decirle. Con franqueza, ¿me quiere usted un poco?

–Mucho.

–Entonces, ¿por qué me ha engañado?

–Amigo mío, si yo fuera la señora duquesa de tal o de cual, si tuviera doscientas mil libras de renta, y, siendo su amante, tuviese otro amante distinto de usted, tendría usted derecho a preguntarme por qué lo engañaba; pero, como soy la señorita Marguerite Gautier, tengo cuarenta mil francos de deudas, ni un céntimo de fortuna y gasto cien mil francos al año, su pregunta es ociosa y mi respuesta inútil.

–Es cierto –dije, dejando caer mi cabeza sobre las rodillas de Marguerite–, pero es que yo la quiero con locura.

–Bueno, amigo mío, pues tendrá que quererme un poco menos o comprenderme un poco más. Su carta me ha dolido mucho. Si hubiera sido libre, para empezar, anteayer no habría recibido al conde, o, de haberlo recibido, habría venido a pedirle el perdón que usted me pedía hace un momento, y no tendría otro amante que usted en el futuro. Por un momento creí que podría permitirme esa suerte durante seis meses; usted no lo ha querido; se empeña en conocer los medios, y, ¡válgame Dios!, los medios eran bien fáciles de adivinar. Al emplearlos estaba haciendo un sacrificio mucho más grande de lo que cree. Habría podido decirle: «Necesito veinte mil francos». Estando usted enamorado de mí, los habría encontrado, a riesgo de reprochármelos más tarde. He preferido no deberle nada; pero usted no ha comprendido esa delicadeza, y lo era. Nosotras, mientras nos queda un poco de corazón, damos a las palabras y a las cosas una dimensión y un desarrollo que las demás mujeres no conocen; le repito, pues, que, tratándose de Marguerite Gautier, el medio que había encontrado para pagar sus deudas sin pedirle el dinero necesario para ello era una delicadeza que debería usted aprovechar sin decir nada. Si no me hubiera conocido hasta hoy, se sentiría muy feliz con lo que yo le prometiera y no me preguntaría lo que hice anteayer. A veces nos vemos obligadas a comprar una satisfacción para el alma a expensas de nuestro cuerpo y sufrimos mucho más si después esa satisfacción se nos escapa.

Yo escuchaba y miraba a Marguerite con admiración. Al pensar que aquella maravillosa criatura, cuyos pies hubiera deseado besar en otro tiempo, me permitía entrar para algo en su pensamiento, darme un papel en su vida, y que aún no me conformaba con lo que me daba, me preguntaba si el deseo del hombre tiene límites cuando, satisfecho tan pronto como lo había sido el mío, aspira todavía a otras cosas.

–Es verdad –prosiguió– que nosotras, criaturas del azar, tenemos deseos fantásticos y amores inconcebibles. Nos entregamos lo mismo para una cosa que para otra. Hay quien se arruinaría sin obtener nada de nosotras y hay otros que nos consiguen con un ramo de flores. Nuestro corazón tiene caprichos; ésa es su única distracción y su única excusa. Yo me he entregado a ti con más rapidez que a ningún hombre, te lo juro. ¿Por qué? Porque al verme escupir sangre me cogiste la mano, porque lloraste, porque eres la única criatura humana que se ha dignado compadecerme. Voy a decirte una locura, pero hace tiempo tuve un perrito que me miraba con un aire muy triste cuando yo tosía; es el único ser al que he amado. Cuando murió, lloré más que a la muerte de mi madre. También es verdad que ella estuvo pegándome doce años. Bueno, pues en seguida te he querido tanto como a mi perro. Si los hombres supieran lo que se puede conseguir con una lágrima, los querríamos más y los arruinaríamos menos. Tu carta te ha desmentido, ella me ha revelado que no tenías toda la inteligencia del corazón, te ha perjudicado más en el amor que te tenía que todo lo que hubieras podido hacerme. Eran celos, es verdad, pero celos irónicos e impertinentes. Ya estaba triste cuando recibí la carta, contaba con verte a mediodía, comer contigo, en fin, borrar con tu presencia un tenaz pensamiento que tenía y que antes de conocerte admitía sin esfuerzo. Además –continuó Marguerite–, eras la única persona ante la que creí comprender en seguida que podía pensar y hablar libremente. Todos los que rodean a las chicas como yo tienen mucho interés en escrutar sus menores palabras, en sacar consecuencias de sus más insignificantes acciones. Naturalmente no tenemos amigos. Tenemos amantes egoístas, que gastan su fortuna no por nosotras, como ellos dicen, sino por su vanidad. Para esa clase de gente tenemos que estar alegres cuando ellos están contentos, gozar de buena salud cuando quieren cenar, ser escépticas como ellos. Se nos prohíbe tener corazón, so pena de ser abucheadas y de arruinar nuestro crédito. Ya no nos pertenecemos. Ya no somos seres, sino cosas. Somos las primeras en su amor propio, las últimas en su estima. Tenemos amigas, pero son amigas como Prudence, antiguas entretenidas que tienen aún gustos costosos que ya su edad no les permite. Entonces se convierten en amigas nuestras o más bien en comensales. Su amistad puede llegar hasta el servilismo, pero nunca hasta el desinterés. Jamás te darán un consejo que no sea lucrativo. Poco les importa que tengamos diez amantes de más, con tal de ganarse unos vestidos o un brazalete, poder de cuando en cuando pasearse en nuestro coche e ir a ver espectáculos desde nuestro palco. Se quedan con nuestras flores de la víspera y nos piden prestadas nuestras cachemiras. Nunca nos hacen un favor, por pequeño que sea, sin que se cobren el doble de lo que vale. Tú mismo lo viste la noche en que Prudence me llevó los seis mil francos que le había rogado que fuera a pedir al duque para mí: me pidió prestados quinientos francos, que no me devolverá nunca, o que me pagará en sombreros que no saldrán de sus cajas. Así pues, no podemos tener o, mejor dicho, no podía tener más que una suerte, y era, triste como estoy muchas veces, poco buena como estoy siempre, la de encontrar un hombre lo suficientemente superior para no pedirme cuentas de mi vida y para ser el amante de mis impresiones más que de mi cuerpo. Encontré ese hombre en el duque, pero el duque es viejo y la vejez no protege ni consuela. Creí poder aceptar la vida que él me ofrecía, pero, ¿qué quieres?, me moría de aburrimiento, y para consumirse de ese modo tanto da arrojarse a un incendio que asfixiarse con carbón. Entonces te encontré a ti, joven, ardiente, feliz, y he intentado hacer de ti el hombre a quien llamaba en medio de mi ruidosa soledad. Lo que yo amaba en ti no era el hombre que eras, sino el que ibas a ser. Tú no aceptas ese papel, lo rechazas como indigno de ti; eres un amante vulgar; haz como los demás: págame y no hablemos más.

Marguerite, fatigada por aquella larga confesión, se echó sobre el respaldo del canapé y se llevó el pañuelo a los labios y a los ojos, para apagar un débil acceso de tos.

–Perdón, perdón –murmuré–, ya había comprendido todo esto, pero quería oírtelo decir, mi Marguerite adorada. Olvidemos todo lo demás y no nos acordemos más que de una cosa: que estamos hechos el uno para el otro, que somos jóvenes y que nos queremos. Marguerite, haz conmigo lo que quieras, soy tu esclavo, tu perro; pero en nombre del cielo rompe la carta que te he escrito y no me dejes marcharme mañana: me moriría.

Marguerite sacó mi carta del corpiño de su vestido y, al entregármela, me dijo con una sonrisa de una inefable dulzura:

–Toma, te la traía.

Rompí la carta y besé con lágrimas la mano que me la devolvía.

En aquel momento, Prudence reapareció.

–Oiga, Prudence, ¿a que no sabe lo que me pide? –dijo Marguerite.

–Le pide perdón.

–Exacto.

–¿Y lo perdona usted?

–Qué remedio, pero es que quiere otra cosa.

–¿Qué?

–Quiere venir a cenar con nosotras.

–¿Y usted lo permite?

–¿Usted qué cree?

–Creo que son ustedes dos niños y que no tienen juicio ni el uno ni el otro, pero creo también que tengo mucha hambre y que cuanto antes se lo permita antes cenaremos.

–Vamos –dijo Marguerite–, cabremos los tres en mi coche. Mire –añadió dirigiéndose hacia mí–, como Nanine ya estará acostada, abra usted la puerta, tenga mi llave y procure no volver a perderla.

Besé a Marguerite hasta ahogarla.

Joseph entró en ese momento.

–Señor –me dijo con el aire de un hombre encantado de sí mismo–, ya están hechas las maletas.

–¿Del todo?

–Sí, señor.

–Bueno, pues deshágalas: ya no me voy.

Capítulo 16

Hubiera podido contarle en pocas líneas los comienzos de aquella relación –me dijo Armand–, pero quería que viera usted perfectamente los acontecimientos y la gradación por los que llegamos, yo a consentir todo lo que Marguerite quería y Marguerite a no poder vivir más que conmigo.

Fue al día siguiente de la noche en que vino a buscarme cuando le envié *Manon Lescaut.*

Desde aquel momento, como no podía cambiar la vida de mi amante, cambié la mía. Ante todo, quería que mi mente no tuviera tiempo de reflexionar sobre el papel que acababa de aceptar, pues sin querer habría concebido una gran tristeza. Así que mi vida, de ordinario tan tranquila, revistió de pronto una apariencia de ruido y de desorden. No vaya usted a creer que, por desinteresado que sea, el amor de una entretenida no te cuesta nada. Nada sale tan caro como los mil caprichos de flores, palcos, cenas y excursiones al campo, que nunca puede uno negar a su amante.

Ya le he dicho que yo no tenía fortuna. Mi padre era y sigue siendo recaudador general en G***. Goza allí de una gran reputación de lealtad, gracias a la cual encontró la fianza que tenía que depositar para entrar en funciones. Tal recaudación le proporciona cuarenta mil francos al año, y en los diez años que lleva ha reintegrado la fianza y se ha preocupado de ir ahorrando para la dote de mi hermana. Mi padre es el hombre más honrado que se pueda encontrar. Mi madre, al morir, dejó seis mil francos de renta, que él dividió entre mi hermana y yo el día en que obtuvo el cargo que solicitaba; luego, cuando hice veintiún años, añadió a esos pequeños ingresos una pensión anual de cinco mil francos, asegurándome que con ocho mil francos podría ser muy feliz en París si junto a aquella renta me ponía a labrarme una posición en el foro o en la medicina. Vine, pues, a París, hice Derecho, saqué el título de abogado y, como muchos otros jóvenes, me metí el diploma en el bolsillo y me dejé llevar un poco por la vida indolente de París. Mis gastos eran muy modestos; sólo que gastaba en ocho meses los ingresos de todo el año y me pasaba en casa de mi padre los cuatro meses de verano, lo que en resumidas cuentas suponía doce mil libras de renta y me daba la reputación de un buen hijo. Por otra parte, no debía un céntimo.

Así estaban las cosas cuando conocí a Marguerite.

Ya comprenderá usted que mi tren de vida aumentó sin querer. Marguerite era de una naturaleza sumamente caprichosa y formaba parte de esa clase de mujeres que nunca han mirado como gasto serio las mil distracciones de que se compone la existencia. Y así resultaba que, como quería pasar conmigo el mayor tiempo posible, me escribía por la mañana que comería conmigo, no en su casa, sino en algún restaurante de París o del campo. Iba a buscarla, comíamos, íbamos al teatro, a menudo cenábamos, y por la noche ya había gastado cuatro o cinco luises, lo que hacía dos mil quinientos o tres mil francos al mes, y reducía mi anualidad a tres meses y medio, poniéndome en la necesidad de contraer deudas o de dejar a Marguerite.

Pues bien, yo podía aceptar cualquier cosa, excepto esta última eventualidad.

Perdone que le dé tantos detalles, pero es que ya verá usted que fueron la causa de los acontecimientos que siguieron. Lo que le cuento es una historia verdadera, sencilla, y conservo toda la ingenuidad de los detalles y toda la simplicidad de su desarrollo.

Comprendí, pues, que, como no había nada en el mundo que tuviera influencia sobre mí para hacerme olvidar a mi amante, tenía que encontrar un medio de sostener los gastos que me ocasionaba. Además, aquel amor me tenía trastornado hasta tal punto que los momentos que pasaba lejos de Marguerite me parecían años, y experimentaba la necesidad de quemar aquellos momentos en el fuego de una pasión cualquiera y de vivirlos tan rápidamente que no me diera cuenta de que los vivía.

Empecé por tomar cinco o seis mil francos de mi pequeño capital, y me puse a jugar, pues desde que han cerrado las casas de juego se juega en todos los sitios. Antes, cuando uno entraba en Frascati, tenía la posibilidad de hacer una fortuna: jugaba contra dinero contante y sonante, y, si perdía, siempre le quedaba el consuelo de pensar que podía haber ganado; mientras que ahora, excepto en los círculos donde aún reina una cierta severidad para el pago, en cuanto uno gana una suma importante casi puede tener la certeza de no recibirla. Se comprenderá fácilmente por qué.

El juego sólo puede ser practicado por jóvenes con grandes necesidades y faltos de la fortuna necesaria para sostener la vida que llevan; juegan, pues, y el resultado es naturalmente el siguiente: cuando unos ganan, los perdedores sirven para pagar los caballos y las amantes de aquellos señores, cosa muy desagradable. Se contraen deudas; relaciones que comienzan en torno a un tapete verde acaban en querellas donde el honor y la vida siempre salen un poco malparados; y, cuando uno es un hombre honrado, se ve arruinado por otros jóvenes no menos honrados, cuyo único defecto consistía en no tener doscientas mil libras de renta.

No necesito hablarle de los que hacen trampas en el juego, y de cuya marcha forzosa y condena tardía se entera uno el día menos pensado.

Así que me lancé a esa vida rápida, ruidosa, volcánica, que antaño me horrorizaba al pensar en ella y que se había convertido para mí en el complemento inevitable de mi amor por Marguerite. ¿Qué quería usted que hiciera?

Las noches que no pasaba en la calle de Antin, de haberlas pasado solo en mi casa, no habría dormido. Los celos me hubieran tenido despierto y me hubieran quemado el pensamiento y la sangre; el juego, en cambio, desviaba por un momento la fiebre que hubiera invadido mi corazón y lo llevaba a una pasión, cuyo interés me dominaba sin querer, hasta que sonaba la hora de volver junto a mi amante. Entonces, y en ello reconocía la violencia de mi amor, ganara o perdiese abandonaba implacablemente la mesa, compadeciendo a los que dejaba allí y que no iban a encontrar como yo la felicidad al abandonarla.

Para la mayoría el juego era una necesidad, para mí era un remedio.

Curado de Marguerite, estaba curado del juego.

De ese modo, en medio de todo aquello, conservaba bastante sangre fría; no perdía más que lo que podía pagar, y no ganaba más que lo que hubiera podido perder.

Por lo demás, la suerte me favoreció. No contraía deudas y gastaba el triple de dinero que cuando no jugaba. No era fácil resistirse a una vida que me permitía satisfacer los mil caprichos de Marguerite sin ponerme en apuros. En cuanto a ella, seguía queriéndome lo mismo e incluso más.

Como ya le he dicho, empezó por recibirme sólo desde las doce de la noche a las seis de la mañana, luego me admitió de cuando en cuando en su palco, después vino a cenar conmigo algunas veces. Una mañana no me fui hasta las ocho, y llegó un día en que no me fui hasta mediodía.

En espera de la metamorfosis moral, una metamorfosis física se había obrado en Marguerite. Yo había emprendido su curación, y la pobre chica, adivinando mi intención, me obedecía para demostrarme su agradecimiento. Sin brusquedades y sin esfuerzos había conseguido aislarla casi de sus antiguas costumbres. Mi médico, que había ido a verla a instancias mías, me dijo que sólo el reposo y la tranquilidad podían preservar su salud, de suerte que logré sustituir sus cenas y sus insomnios por un régimen higiénico y un sueño regular. Marguerite iba acostumbrándose sin querer a aquella nueva existencia, cuyos saludables efectos experimentaba. Empezaba ya a pasar algunas veladas en su casa, o bien, si hacía bueno, se envolvía en un chal de cachemira, se cubría con un velo y nos íbamos a pie, como dos niños, a dar vueltas toda la tarde por las alamedas sombrías de los Campos Elíseos. Volvía cansada, cenaba ligeramente y se acostaba después de leer o tocar un poco, cosa que antes nunca le había sucedido. La tos, que cada vez que la oía me desgarraba el pecho, había desaparecido casi por completo.

Al cabo de seis semanas ya no se hablaba del conde, definitivamente sacrificado; sólo el duque me obligaba todavía a ocultar mi relación con Marguerite, y hasta él fue despedido con frecuencia mientras yo estaba allí, so pretexto de que la señora dormía y había prohibido que la despertaran.

De la necesidad e incluso de la costumbre que Marguerite había adquirido de verme resultó que abandoné el juego justo en el momento en que un jugador diestro lo hubiera dejado. En resumidas cuentas, a consecuencia de mis ganancias me vi dueño de unos diez mil francos, que me parecían un capital inagotable.

Llegó la época en que solía volver con mi padre y con mi hermana, pero no me decidía a irme; de suerte que con frecuencia recibía cartas del uno y de la otra, en las cuales me rogaban que volviera a su lado.

A todos sus ruegos respondía yo como mejor podía, repitiendo siempre que estaba bien y que no necesitaba dinero, dos cosas que creía que consolarían un poco a mi padre por el retraso de mi visita anual.

Así las cosas, sucedió que una mañana, habiéndose despertado Marguerite con un sol resplandeciente, saltó de la cama y me preguntó si quería llevarla a pasar todo el día en el campo.

Mandamos a buscar a Prudence y nos fuimos los tres, no sin que Marguerite hubiera recomendado antes a Nanine que dijera al duque que había querido aprovechar aquel hermoso día para irse al campo con la señora Duvernoy.

Aparte de que la presencia de la Duvernoy era necesaria para tranquilizar al viejo duque, Prudence era una de esas mujeres que parecen estar hechas expresamente para esas excursiones al campo. Con su alegría inalterable y su eterno apetito no dejaría que los que la acompañaban se aburrieran un momento y se las entendería perfectamente a la hora de encargar los huevos, las cerezas, la leche, el conejo salteado y, en fin, todo aquello de que se compone una comida tradicional en los alrededores de París.

Sólo nos faltaba saber adónde iríamos.

Una vez más, fue Prudence quien nos sacó de apuros.

–¿Quieren ir al campo de verdad? –preguntó.

–Sí.

–Pues entonces vamos a Bougival, al Point-du-Jour, donde la viuda Arnould. Armand, vaya a alquilar una calesa.

Hora y media después estábamos donde la viuda Arnould.

Quizá conozca usted esa posada, hotel entre semana, merendero el domingo. Desde el jardín, que está a la altura de un primer piso ordinario, se descubre una vista magnífica. A la izquierda el acueducto de Marly cierra el horizonte, a la derecha la vista se extiende sobre un sinfín de colinas; el río, casi sin corriente en aquel lugar, se despliega como una ancha cinta de un blanco tornasolado, entre la llanura de los Gabillons y la isla de Croissy, eternamente mecida por el suave balanceo de los altos álamos y el murmullo de los sauces.

Al fondo, en medio de un amplio rayo de sol, se elevan casitas blancas con tejados rojos y fábricas que, al perder con la distancia su carácter duro y comercial, completan admirablemente el paisaje.

¡Al fondo, París en medio de la bruma!

Como nos había dicho Prudence, aquello era el campo de verdad y, debo decirlo, también fue una comida de verdad.

No digo todo esto por agradecimiento a la felicidad que le debí, pero Bougival, pese a su horrible nombre, es uno de los parajes más bonitos que se pueda imaginar. He viajado mucho y he visto cosas más grandes, pero no más encantadoras que ese pueblecito alegremente recostado al pie de la colina que lo protege.

La señora Arnould nos propuso organizarnos un paseo en barca, que Marguerite y Prudence aceptaron con alegría.

Siempre se ha asociado el campo al amor, y no es para menos: no hay mejor marco para la mujer amada que el cielo azul, los olores, las flores, la brisa, la soledad resplandeciente de los campos y de los bosques. Por mucho que se quiera a una mujer, por mucha confianza que se tenga en ella, cualquiera que sea la certeza que sobre el futuro nos brinde su pasado, siempre está uno más o menos celoso. Si ha estado usted enamorado, seriamente enamorado, ya habrá experimentado esa necesidad de aislar del mundo al ser dentro del cual querría usted vivir enteramente. Parece como si la mujer amada, por indiferente que sea a cuanto la rodea, perdiera algo de su perfume y de su unidad al contacto con los hombres y las cosas. Yo experimentaba aquello mucho más que cualquier otro. Mi amor no era un amor ordinario; estaba enamorado tanto como puede estarlo una criatura ordinaria, pero de Marguerite Gautier, es decir, que en París podía cruzarme a cada paso con un hombre que hubiera sido amante de aquella mujer o que fuera a serlo al día siguiente. Mientras que en el campo, en medio de gentes que nunca habíamos visto y que no se fijaban en nosotros, en el seno de una naturaleza vestida con todas sus galas de primavera –ese perdón anual– y apartada del ruido de la ciudad, podía recatar mi amor y amar sin vergüenza y sin temor.

Allí desaparecía poco a poco la cortesana. Tenía a mi lado una mujer joven, bonita, a la que yo quería, que me quería y que se llamaba Marguerite: el pasado ya no tenía formas, ni el futuro nubes. El sol iluminaba a mi amante como hubiera iluminado a la más casta novia. Juntos nos paseábamos por aquellos parajes encantadores, que parecen hechos expresamente para recordar los versos de Lamartine o cantar las melodías de Scudo. Marguerite llevaba un vestido blanco, se apoyaba en mi brazo, me repetía por la noche bajo el cielo estrellado las palabras que me había dicho el día anterior, y el mundo seguía a lo lejos viviendo su vida, sin manchar con su sombra el cuadro risueño de nuestra juventud y nuestro amor.

Éste era el sueño que el sol ardiente de aquel día me llevaba a través de las hojas, mientras, tumbado todo lo largo que era en la hierba de la isla en donde habíamos atracado, libre de todos los lazos humanos que antes lo retenían, dejaba correr mi pensamiento y recoger todas las esperanzas que encontraba.

Añada a ello el que, desde el lugar en que me encontraba, veía a la orilla una encantadora casita de dos pisos con una verja semicircular; a través de la verja, delante de la casa, un césped verde, liso como terciopelo, y detrás del edificio un bosquecillo lleno de misteriosos refugios y que cada mañana borraría bajo su musgo el sendero hecho la víspera.

Plantas trepadoras ocultaban la escalinata de aquella casa deshabitada, a la que abrazaban hasta el primer piso.

A fuerza de mirar aquella casa acabé por convencerme de que era mía: tan bien resumía lo que yo estaba soñando. Me veía allí con Marguerite, durante el día en el bosque que cubría la colina, por la noche sentados en el césped, y me preguntaba si alguna vez criaturas terrestres habrían sido tan felices como nosotros.

–¡Qué casa más bonita! –me dijo Marguerite, que había seguido la dirección de mi mirada y acaso también la de mi pensamiento.

–¿Dónde? –dijo Prudence.

–Allá abajo.

Y Marguerite señalaba con el dedo la casa en cuestión.

–¡Ah! Preciosa –replicó Prudence–. ¿Le gusta?

–Mucho.

–¡Bueno, pues diga al duque que se la alquile! Estoy segura de que se la alquilará. Si quiere, yo me encargo de ello.

Marguerite me miró, como preguntándome qué pensaba yo de aquella idea.

Mi sueño se había desvanecido con las últimas palabras de Prudence y me arrojó tan brutalmente a la realidad que aún estaba aturdido por la caída.

–En efecto, es una excelente idea –balbuceé, sin saber lo que decía.

–Bueno, pues yo lo arreglaré –dijo estrechándome la mano Marguerite, que interpretaba mis palabras según su deseo–. Vamos a ver ahora mismo si está en alquiler.

La casa estaba libre y el alquiler costaba dos mil francos.

–¿Será usted feliz aquí? –me dijo.

–¿Puedo estar seguro de venir aquí?

–¿Pues por quién cree que vendría a enterrarme yo aquí, de no ser por usted?

–Bueno, Marguerite, pues entonces déjeme que sea yo mismo quien alquile esta casa.

–¿Está loco? No solamente es inútil, sería peligroso. Sabe usted de sobra que no puedo aceptar nada que no venga de un hombre determinado, así que déjeme hacer, niño grande, y cállese.

–Eso quiere decir que, cuando tenga dos días libres, vendré a pasarlos en su casa –dijo Prudence.

Dejamos la casa y volvimos a coger la carretera de París, charlando de aquella nueva resolución. Tenía yo a Marguerite entre mis brazos, de tal modo que, al bajar del coche, empezaba ya a enfocar el plan de mi amante con ánimo menos escrupuloso.

Capítulo 17

Al día siguiente Marguerite me despidió temprano, diciéndome que el duque iba a venir a primera hora y prometiéndome escribirme en cuanto se fuera para darme la cita de cada noche.

En efecto, durante el día recibí estas cuatro letras:

«Me voy a Bougival con el duque; vaya a casa de Prudence esta noche a las ocho».

A la hora indicada Marguerite estaba de vuelta y venía a reunirse conmigo en casa de la señora Duvernoy.

–Bueno, pues ya está todo arreglado –dijo al entrar.

–¿Ha alquilado la casa? –preguntó Prudence.

–Sí; ha accedido en seguida.

No conocía al duque, pero me daba vergüenza engañarlo de aquella manera.

–¡Y eso no es todo! –prosiguió Marguerite.

–¿Qué más hay?

–Me he preocupado del alojamiento de Armand.

–¿En la misma casa? –preguntó Prudence riendo.

–No, sino en Point-du-Jour, donde hemos comido el duque y yo. Mientras él contemplaba el panorama, he preguntado a la señora Arnould, pues se llama señora Arnould, ¿no?, le he preguntado si tenía un apartamento adecuado. Precisamente tenía uno, con salón, antesala y dormitorio. Creo que es todo lo que hace falta. Sesenta francos al mes. Todo amueblado de tal manera que podría distraer a un hipocondríaco. Lo he reservado. ¿He hecho bien?

Salté al cuello de Marguerite.

–Será encantador –continuó–, usted tendrá una llave de la puerta pequeña, y he prometido al duque una llave de la verja, que no cogerá, porque no irá más que de día, cuando vaya. Entre nosotros, creo que está encantado de este capricho que me aleja de París durante cierto tiempo y hará callar un poco a su familia. Sin embargo, me ha preguntado cómo, gustándome tanto París, había podido decidirme a enterrarme en el campo; le he respondido que no me encontraba bien y que era para descansar. No ha parecido creerme del todo. Ese pobre viejo está siempre acorralado. Así que, mi querido Armand, tomaremos muchas precauciones, pues hará que me vigilen allá, y no es lo principal que me alquile una casa: aún tiene que pagar mis deudas, y desgraciadamente tengo unas cuantas. ¿Le agrada todo esto?

–Sí –respondí, intentando acallar todos los escrúpulos que aquella forma de vivir despertaba de cuando en cuando en mí.

–Hemos estado viendo la casa con todo detalle, y estaremos allí de maravilla. El duque se preocupaba por todo. ¡Ah, querido mío! –añadió aquella loca abrazándome–, no estará usted de queja: todo un millonario le hace la cama.

–¿Y cuándo se mudan? –preguntó Prudence.

–Lo antes posible.

–¿Se lleva el coche y los caballos?

–Me llevaré toda la casa. Usted se encargará del piso durante mi ausencia.

Ocho días después Marguerite había tomado posesión de la casa de campo, y yo me hallaba instalado en Point-du-Jour.

Entonces empezó una existencia que me costaría mucho trabajo describírsela.

Al principio de su estancia en Bougival, Marguerite no pudo romper de golpe con sus costumbres y, como la casa siempre estaba de fiesta, todas sus amigas venían a verla; durante un mes no pasó día sin que Marguerite tuviera ocho o diez personas a la mesa. Por su parte, Prudence se traía a toda la gente que conocía y les hacía todos los honores de la casa como si aquella casa fuera suya.

Como usted puede imaginar, todo aquello lo pagaba el dinero del duque, y aun así de cuando en cuando Prudence me pedía un billete de mil francos, de parte de Marguerite según decía. Ya sabe usted que yo había ganado algo en el juego; así que me apresuré a entregar a Prudence lo que Marguerite me pedía a través de ella y, por temor a que necesitara más de lo que yo tenía, me vine a París a pedir prestada una cantidad igual a la que ya me habían prestado antaño y que había devuelto puntualmente.

Así pues, otra vez me encontré en posesión de unos diez mil francos, sin contar mi pensión.

Sin embargo, el placer que experimentaba Marguerite recibiendo a sus amigas se apaciguó un poco ante los gastos a los que aquel placer la arrastraba, y sobre todo ante la necesidad en que a veces se veía de pedirme dinero. El duque, que había alquilado aquella casa para que Marguerite descansara, no aparecía por allí, temiendo siempre encontrarse con una alegre y numerosa compañía de la que no quería dejarse ver. Ello se debía sobre todo a que, habiendo ido un día para cenar a solas con Marguerite, cayó en medio de una comida de quince personas, que aún no habían terminado a la hora en que él esperaba sentarse a la mesa para cenar. Cuando, sin sospechar nada, abrió la puerta de la sala del comedor, una carcajada general acogió su entrada, y se vio obligado a retirarse bruscamente ante la impertinente alegría de las chicas que se encontraban allí.

Marguerite se levantó de la mesa, fue a buscar al duque a la habitación contigua e intentó, dentro de lo posible, hacerle olvidar aquella aventura; pero el anciano, herido en su amor propio, le guardó rencor: le dijo con bastante crueldad a la pobre chica que estaba harto de pagar las locuras de una mujer que ni siquiera era capaz de hacer que lo respetasen en su casa, y se marchó muy encolerizado.

Desde aquel día no volvimos a oír hablar de él. Aunque Marguerite despidió a sus invitados y cambió de costumbres, el duque no volvió a dar señales de vida. Con ello yo había salido ganando que mi amante me perteneciera más completamente y que mi sueño se realizara al fin. Marguerite no podía pasarse sin mí. Sin preocuparse de las consecuencias, proclamaba públicamente nuestras relaciones, y yo llegué a no salir ya de su casa. Los criados me llamaban el señor y me miraban oficialmente como a su amo.

Prudence le echó buenos sermones a Marguerite a propósito de aquella nueva vida; pero ella le había respondido que me quería, que no podía vivir sin mí y que, pasara lo que pasase, no renunciaría a la felicidad de tenerme a su lado sin cesar, añadiendo que todos aquellos a los que no les gustara eran muy libres de no volver.

Eso fue lo que oí un día en que Prudence dijo a Marguerite que tenía algo muy importante que decirle, mientras yo escuchaba a la puerta de la habitación donde se habían encerrado.

Poco tiempo después Prudence volvió.

Yo estaba al fondo del jardín cuando ella entró: no me vio. Por la forma de salir Marguerite a su encuentro, sospeché que iba a tener lugar una conversación parecida a la que ya había sorprendido, y quise oírla como la otra.

Las dos mujeres se encerraron en un gabinete y yo me puse a escuchar.

–¿Qué pasa? –preguntó Marguerite.

–¡Qué va a pasar! Que he visto al duque.

–¿Qué le ha dicho?

–Que le perdona de buen grado la primera escena, pero que se ha enterado de que vive usted públicamente con el señor Armand Duval y que eso no se lo perdona. «Que Marguerite deje a ese hombre –me ha dicho–, y le daré todo lo que quiera como antes; si no, tendrá que renunciar a pedirme ni una cosa más.»

–¿Qué ha respondido usted?

–Que le comunicaría su decisión, y le he prometido hacerla entrar en razón. Piense, hija mía, en la posición que pierde y que nunca podrá darle Armand. Él la quiere con toda el alma, pero no tiene bastante fortuna para hacer frente a todas las necesidades de usted, y un día no le quedará más remedio que abandonarla, cuando ya sea demasiado tarde y el duque no quiera hacer más por usted. ¿Quiere que hable con Armand?

Marguerite parecía reflexionar, pues no respondía. El corazón me latía violentamente mientras esperaba su respuesta.

–No –repuso–, no dejaré a Armand, y no me ocultaré para vivir con él. Quizá sea una locura, ¡pero lo amo!, ¿qué quiere usted? Y además, ahora que se ha acostumbrado a amarme sin obstáculos, sufriría demasiado si se viera obligado a abandonarme, aunque no fuera más que una hora al día. Por otra parte, no me queda tanto tiempo que vivir como para convertirme en una desgraciada y hacer la voluntad de un viejo cuya sola vista me hace envejecer. Que se guarde su dinero; me pasaré sin él.

–¿Pero cómo va a arreglárselas?

–No lo sé.

Prudence iba sin duda a responder algo, pero entré bruscamente y corrí a arrojarme a los pies de Marguerite, bañando sus manos en las lágrimas que me hacía derramar la alegría de verme amado así.

–Mi vida es tuya, Marguerite, no necesitas a ese hombre. ¿No estoy yo aquí? ¿Cómo podré abandonarte nunca ni pagarte suficientemente la felicidad que me proporcionas? Nada de coacciones, Marguerite mía. ¡Nos queremos! ¿Qué nos importa lo demás?

–¡Sí, sí, te quiero, Armand mío! –murmuró enlazando sus brazos en torno a mi cuello–. Te quiero como nunca creí que pudiera querer. Seremos felices, viviremos tranquilos y daré un adiós eterno a esa vida de que ahora me avergüenzo. Nunca me reprocharás el pasado, ¿verdad?

Las lágrimas velaban mi voz. Sólo pude responder estrechando a Marguerite contra mi corazón.

–Vamos –dijo con voz conmovida, volviéndose hacia Prudence–, cuéntele esta escena al duque y añada que no lo necesitamos.

Desde aquel día ya no se habló más del duque. Tampoco Marguerite era la chica que yo había conocido. Evitaba todo lo que pudiera recordarme la vida en medio de la cual la había encontrado. Nunca mujer, nunca hermana tuvo con su esposo o con su hermano el amor y los cuidados que ella tenía conmigo. Aquella naturaleza enfermiza estaba abierta a todas las impresiones, era accesible a todos los sentimientos. Había roto con sus amigas como con sus costumbres, con su lenguaje como con los gastos de otro tiempo. Cuando nos veían salir de la casa para ir a darnos un paseo en una encantadora barquilla que yo había comprado, nadie hubiera creído que aquella mujer vestida de blanco, cubierta con un gran sombrero de paja y con un sencillo ropón de seda al brazo para protegerse del frescor del agua, era Marguerite Gautier, la misma que cuatro meses antes armaba tanto jaleo con su lujo y sus escándalos.

¡Ay! Nos dábamos prisa a ser felices, como si hubiéramos adivinado que no podíamos serlo mucho tiempo.

Hacía dos meses que ni siquiera íbamos a París. Nadie había ido a vernos, excepto Prudence y esa Julie Duprat de que le he hablado y a quien Marguerite entregaría más tarde el conmovedor relato que tengo aquí.

Me pasaba días enteros a los pies de mi amante. Abríamos las ventanas que daban al jardín y, mirando cómo el verano se dejaba caer gozosamente en las flores que había hecho brotar y bajo la sombra de los árboles, respirábamos uno al lado de otro aquella vida auténtica que ni Marguerite ni yo habíamos comprendido hasta entonces.

Aquella mujer se asombraba como una niña por las más pequeñas cosas. Había días en que corría por el jardín, como una cría de diez años, detrás de una mariposa o de un caballito del diablo. Aquella cortesana, que había hecho gastar en ramos de flores más dinero del que necesitaría toda una familia para vivir en la alegría, a veces se sentaba sobre el césped, durante una hora, para examinar la sencilla flor cuyo nombre llevaba.

Fue por entonces cuando leyó con tanta frecuencia *Manon Lescaut*. Muchas veces la sorprendí escribiendo notas en el libro: no dejaba de decirme que, cuando una mujer ama, no puede hacer lo que Manon hacía.

El duque le escribió dos o tres veces. Conoció la letra y me dio las cartas sin leerlas.

A veces los términos de aquellas cartas hacían que los ojos se me llenasen de lágrimas.

Había creído que, cerrándole la bolsa, volvería a recobrar a Marguerite; pero, cuando vio la inutilidad de aquel medio, no pudo aguantar más; escribió, pidiendo como otras veces permiso para volver, cualesquiera que fuesen las condiciones que pusiera para ese regreso.

Leí, pues, aquellas cartas apremiantes y reiterativas y las rompí sin decir a Marguerite su contenido y sin aconsejarle que volviera a ver al anciano, aunque un sentimiento de piedad por el dolor de aquel pobre hombre me impulsara a ello: pero temía que, al hacer reemprender al duque sus antiguas visitas, viera ella en aquel consejo el deseo de hacerle reemprender también el pago de los gastos de la casa; y por encima de todo me asustaba que me creyera capaz de negarme a cargar con la responsabilidad de su vida en cualquier circunstancia a que su amor por mí pudiera arrastrarla.

De ello resultó que el duque, al no recibir respuesta, dejó de escribir, y Marguerite y yo continuamos viviendo juntos sin preocuparnos del futuro.

Capítulo 18

Darle detalles acerca de nuestra nueva vida sería cosa difícil. Se componía de una serie de niñerías, encantadoras para nosotros, pero insignificantes para aquellos a quienes yo se las contara. Ya sabe usted lo que es amar a una mujer, ya sabe cómo se acortan los días y con qué amorosa pereza se deja uno llevar al día siguiente. No ignora usted ese olvido de todas las cosas, que nace de un amor violento, confiado y compartido. Toda criatura que no sea la mujer amada parece un ser inútil en la creación. Uno lamenta haber arrojado ya parcelas del corazón a otras mujeres y no vislumbra la posibilidad de estrechar jamás otra mano distinta de la que tiene entre las suyas. El cerebro no admite trabajo ni recuerdos, nada en fin que pueda distraerlo del único pensamiento que se le ofrece sin cesar. Cada día descubrimos en nuestra amante un encanto nuevo, una voluptuosidad desconocida.

La existencia no es más que el cumplimiento reiterado de un deseo continuo; el alma no es más que la vestal encargada de mantener el fuego sagrado del amor.

Muchas veces, al caer la noche, íbamos a sentarnos bajo el bosquecillo que dominaba la casa. Allí escuchábamos las alegres armonías de la noche, pensando los dos en la hora próxima que iba a dejarnos a uno en brazos del otro hasta la mañana siguiente. Otras veces nos quedábamos acostados todo el día, sin dejar siquiera que penetrara el sol en nuestra habitación. Las cortinas estaban herméticamente cerradas y el mundo exterior se detenía un momento para nosotros. Sólo Nanine podía abrir nuestra puerta, pero solamente para traernos de comer; y aun así lo hacíamos sin levantarnos e interrumpiéndola sin cesar con risas y locuras. A esto sucedía un sueño de unos instantes, pues, desapareciendo en nuestro amor, éramos como dos buceadores obstinados que no vuelven a la superficie más que para recobrar aliento.

Sin embargo, a veces sorprendía yo momentos de tristeza e incluso de lágrimas en Marguerite; le preguntaba de dónde procedía aquella pena súbita y me respondía:

–Nuestro amor no es un amor ordinario, mi querido Armand. Me quieres como si nunca hubiera pertenecido a nadie, y me da miedo que más tarde te arrepientas de tu amor y mires mi pasado como un crimen, obligándome a arrojarme otra vez a la existencia en medio de la cual me recogiste. Piensa que ahora que he probado una nueva vida moriría al reemprender la otra. Dime que no me abandonarás nunca.

–¡Te lo juro!

Ante aquellas palabras, me miraba como para leer en mis ojos si mi juramento era sincero, luego se arrojaba en mis brazos y, escondiendo su cabeza en mi pecho, me decía:

–¡Es que no sabes cuánto te quiero!

Una noche, acodados en el alféizar de la ventana, mirábamos la luna, que parecía salir con dificultad de su lecho de nubes, y escuchábamos el viento, que se agitaba ruidosamente entre los árboles; estábamos cogidos de la mano y llevábamos ya un largo cuarto de hora sin hablar, cuando Marguerite me dijo:

–Ya está aquí el invierno, ¿quieres que nos vayamos?

–¿Y adónde?

–A Italia.

–¿Te aburres?

–Me da miedo el invierno, y sobre todo me da miedo nuestro regreso a París.

–¿Por qué?

–Por muchas cosas.

Y prosiguió bruscamente, sin darme las razones de sus temores:

–¿Quieres que nos vayamos? Venderé todo lo que tengo, nos iremos a vivir allá, no me quedará nada de lo que fui, nadie sabrá quién soy. ¿Quieres?

–Vámonos, si eso te agrada, Marguerite; vamos a hacer un viaje –le dije–, pero ¿qué necesidad tienes de vender cosas que estarás contenta de encontrar a tu regreso? No tengo una fortuna lo suficientemente grande para aceptar un sacrificio semejante, pero tengo bastante para que podamos viajar a lo grande durante cinco o seis meses, si eso te divierte de algún modo.

–Mejor no –continuó, retirándose de la ventana y yendo a sentarse al canapé en la penumbra de la habitación–. ¿A qué ir a gastar dinero allá? Ya te cuesto bastante aquí.

–Estás echándomelo en cara, Marguerite, y eso no es generoso.

–Perdón, amigo mío –dijo, tendiéndome la mano–, este tiempo de tormenta me pone nerviosa, no digo lo que quiero decir.

Y, después de besarme, cayó en una profunda ensoñación.

Muchas veces ocurrieron escenas semejantes y, aunque ignoraba lo que las originaba, no por ello dejaba de sorprender en Marguerite un sentimiento de inquietud ante el futuro. Ella no podía dudar de mi amor, pues cada día aumentaba, y sin embargo a menudo la veía triste, sin que nunca me diera otra explicación del motivo de sus tristezas que no fuera por causas físicas.

Temiendo que se cansara de una vida excesivamente monótona, le proponía volver a París, pero ella rechazaba siempre aquella propuesta y me aseguraba que no podía ser en ninguna parte tan feliz como en el campo.

Prudence ya sólo venía raras veces, pero en cambio escribía cartas que nunca pedí que me enseñara, aunque siempre sumieran a Marguerite en una profunda preocupación. No sabía qué imaginar.

Un día Marguerite se quedó en su habitación. Entré. Estaba escribiendo.

–¿A quién escribes? –le pregunté.

–A Prudence. ¿Quieres que te lea lo que le escribo?

Yo tenía horror a todo lo que pudiera parecer sospecha, y así respondí a Marguerite que no necesitaba saber lo que escribía; y, sin embargo, tenía la certeza de que aquella carta me hubiera revelado la verdadera causa de sus tristezas.

Al día siguiente hacía un tiempo soberbio. Marguerite me propuso ir a dar un paseo en barco y visitar la isla de Croissy. Parecía muy alegre; eran las cinco cuando volvimos.

–Ha venido la señora Duvernoy –dijo Nanine al vernos entrar.

–¿Se ha ido ya? –preguntó Marguerite.

–Sí, en el coche de la señora; ha dicho que ya lo sabía usted.

–Muy bien –dijo vivamente Marguerite–, que sirvan la mesa.

Dos días después llegó una carta de Prudence, y durante quince días Marguerite pareció haber roto con sus misteriosas melancolías, por las que no dejaba de pedirme perdón desde que habían dejado de existir.

Sin embargo, el coche no volvía.

–¿A qué se debe que Prudence no te devuelva tu cupé? –le pregunté un día.

–Uno de los dos caballos está enfermo y hay que hacer unos arreglos en el coche. Más vale que lo hagan todo mientras estamos aquí, donde no necesitamos el coche, que esperar a que volvamos a París.

Unos días después vino a vernos Prudence y me confirmó lo que había dicho Marguerite.

Las dos mujeres se pasearon solas por el jardín y, cuando fui a reunirme con ellas, cambiaron de conversación.

Por la noche, al irse, Prudence se quejó del frío y rogó a Marguerite que le prestase un chal de cachemira.

Así pasó un mes, durante el cual Marguerite estuvo más alegre y más amorosa que nunca.

Sin embargo, el coche no volvió, el chal de cachemira no fue devuelto, todo lo cual me intrigaba sin querer, y, como yo sabía en qué cajón guardaba Marguerite las cartas de Prudence, aproveché un momento en que estaba al fondo del jardín, corrí al cajón e intenté abrirlo; pero fue en vano: estaba cerrado con dos vueltas de llave.

Entonces hurgué en los que estaban de ordinario las joyas y los diamantes. Se abrieron sin resistencia, pero los joyeros habían desaparecido, con lo que contenían por supuesto.

Un temor punzante me oprimió el corazón.

Iba a exigir a Marguerite la verdad sobre aquellas desapariciones, pero ciertamente ella no me lo confesaría.

–Mi buena Marguerite –le dije entonces–, vengo a pedirte permiso para ir a París. En mi casa no saben dónde estoy y deben de haber llegado cartas de mi padre; sin duda está preocupado y es conveniente que le escriba.

–Ve, amigo mío –me dijo–, pero vuelve pronto.

Me marché.

Corrí en seguida a casa de Prudence.

–Vamos a ver –le dije, sin más preliminares–, respóndame francamente: ¿Dónde están los caballos de Marguerite?

–Vendidos.

–¿El chal de cachemira?

–Vendido.

–¿Los diamantes?

–Empeñados.

–¿Y quién los ha vendido y empeñado?

–Yo.

–¿Por qué no me lo ha advertido?

–Porque me lo prohibió Marguerite.

–¿Y por qué no me ha pedido usted dinero?

–Porque ella no quería.

–¿Y dónde ha ido ese dinero?

–A pagar.

–¿Entonces debe mucho?

–Treinta mil francos todavía poco más o menos. ¡Ah, querido!, ¿no se lo había dicho yo? Usted no quiso creerme; bueno, pues ahora ya estará convencido. Al tapicero, de cuyas facturas respondía el duque, le dieron con la puerta en las narices cuando se presentó en casa del duque, el cual le escribió al día siguiente que no haría nada por la señorita Gautier. Ese hombre quería dinero, y le di a cuenta unos miles de francos que le pedí a usted; luego algún alma caritativa le ha advertido de que su deudora, abandonada por el duque, vivía con un muchacho sin fortuna; los otros acreedores fueron prevenidos igualmente, pidieron dinero y embargaron. Marguerite quiso venderlo todo, pero ya no había tiempo, y además yo me habría opuesto. De todos modos, había que pagar y, para no pedirle dinero a usted, ha vendido los caballos y las cachemiras y ha empeñado las joyas. ¿Quiere los recibos de los compradores y las papeletas del Monte de Piedad?

Y Prudence abrió un cajón y me enseñó dichos papeles.

–¡Ah! –continuó con esa insistencia típica de la mujer que puede decir: «¡Qué razón tenía yo!»–. ¿Cree que basta amarse e irse al campo a vivir una vida pastoril y vaporosa? No, amigo mío, no. Al lado de la vida ideal existe la vida material, y las resoluciones más castas están sujetas a la tierra por hilos ridículos, pero de hierro, y que no se rompen tan fácilmente. Si Marguerite no lo ha engañado veinte veces, es porque ella es de una naturaleza excepcional. Y no será porque yo no se lo haya aconsejado, pues me daba pena ver a la pobre chica despojarse de todo. ¡Pero ella no ha querido! Me ha respondido que lo quería y que no lo engañaría por nada del mundo. Todo esto es muy bonito, muy poético, pero con esa moneda no se paga a los acreedores, y hoy no puede salir del atolladero con menos de treinta mil francos, se lo repito.

–Está bien, le proporcionaré esa cantidad.

–¿Va a pedirla prestada?

–¡Pues claro que sí!

–Bonita cosa va usted a hacer: enemistarse con su padre, paralizar sus recursos, y además no se encuentran treinta mil francos así de la noche a la mañana. Créame, querido Armand, conozco a las mujeres mejor que usted; no haga esa locura, de la que algún día se arrepentirá. Sea razonable. No le digo que deje a Marguerite, pero viva con ella como vivía al principio del verano. Déjeme encontrar los medios de salir del apuro. El duque poco a poco volverá otra vez a ella. El conde de N*** me decía ayer mismo que, si ella lo acepta, le pagará todas sus deudas y le dará cuatro o cinco mil francos al mes. Tiene doscientas mil libras de renta. Para ella será una buena posición, mientras que usted antes o después tendrá que dejarla; no espere para eso a verse arruinado, tanto más cuanto que el conde de N*** es un imbécil y nada le impedirá a usted ser el amante de Marguerite. Ella llorará un poco al principio, pero acabará por acostumbrarse y algún día le agradecerá lo que ha hecho. Suponga que Marguerite está casada y engaña al marido, eso es todo. Todo esto ya se lo he dicho otra vez; sólo que en aquella época no era aún más que un consejo, mientras que hoy es casi una necesidad.

Prudence tenía cruelmente razón.

–Lo que pasa –continuó, volviendo a doblar los papeles que acababa de enseñarme– es que las entretenidas siempre prevén que las amarán, pero nunca que amarán ellas; si no, irían ahorrando dinero y a los treinta años podrían permitirse el lujo de tener un amante gratis. ¡Ah, si yo hubiera sabido lo que sé ahora! En fin, no diga nada a Marguerite y tráigasela a París. Ha vivido usted cuatro o cinco meses solo con ella, y es razonable; todo lo que se le pide ahora es que cierre los ojos. Dentro de quince días ella aceptará al conde de N***, economizará este invierno y el verano próximo empezarán ustedes otra vez. ¡Así es como hay que hacer las cosas, querido!

Y Prudence parecía encantada de su consejo, que yo rechazaba con indignación.

No sólo mi amor y mi dignidad me impedían obrar así, sino que además estaba absolutamente convencido de que, en el punto a que había llegado, Marguerite moriría antes que aceptar repartirse así.

–Bueno, basta de bromas –dije a Prudence–. Definitivamente, ¿cuánto le hace falta a Marguerite?

–Ya se lo he dicho, unos treinta mil francos.

–¿Y para cuándo hace falta esa cantidad?

–Antes de dos meses.

–La tendrá.

Prudence se encogió de hombros.

–Yo se la entregaré –continué–, pero júreme que no dirá a Marguerite que se la he entregado yo.

–Esté tranquilo.

–Y si le manda que venda o empeñe algo más, avíseme.

–No hay peligro, ya no tiene nada.

Antes pasé por mi casa para ver si había cartas de mi padre. Había cuatro.

Capítulo 19

En las tres primeras cartas mi padre se preocupaba por mi silencio y me preguntaba la causa; en la última me daba a entender que le habían informado de mi cambio de vida y me anunciaba su próxima llegada.

Siempre he sentido un gran respeto y un sincero afecto por mi padre. Así que le respondí que un pequeño viaje había sido la causa de mi silencio y le rogaba que me avisara del día de su llegada para poder salir a recibirlo.

Di a mi criado mi dirección en el campo, encargándole que me llevara la primera carta que llegara timbrada de la ciudad de C***, y volví a salir en seguida para Bougival.

Marguerite me esperaba a la puerta del jardín.

Su mirada expresaba inquietud. Me saltó al cuello y no pudo evitar decirme:

–¿Has visto a Prudence?

–No.

–¡Has estado mucho tiempo en París!

–Es que he recibido unas cartas de mi padre y he tenido que contestarle.

Unos instantes después entró Nanine muy sofocada. Marguerite se levantó y habló con ella en voz baja.

Cuando salió Nanine, Marguerite volvió a sentarse a mi lado y me dijo cogiéndome la mano:

–¿Por qué me has engañado? Has ido a casa de Prudence.

–¿Quién te lo ha dicho?

–Nanine.

–¿Y cómo lo sabe?

–Porque te ha seguido.

–¿Entonces le dijiste tú que me siguiera?

–Sí. Pensé que tenía que haber un motivo poderoso para hacerte ir así a París, a ti que no me has dejado en cuatro meses. Temía que te hubiera ocurrido una desgracia o quizá que fueras a ver a otra mujer.

–¡Qué cría eres!

–Ahora estoy tranquila; sé lo que has hecho, pero no sé aún lo que te han dicho.

Enseñé a Marguerite las cartas de mi padre.

–No es eso lo que te pregunto: lo que me gustaría saber es para qué has ido a casa de Prudence.

–Para verla.

–Estás mintiendo, amigo mío.

–Bueno, pues he ido a preguntarle si el caballo estaba mejor y si ya no le hacía falta tu chal de cachemira ni tus joyas.

Marguerite enrojeció, pero no respondió.

–Y –continué– me he enterado del uso que has hecho de los caballos, de las cachemiras y de los diamantes.

–¿Y estás enfadado conmigo?

–Estoy enfadado contigo por no habérsete ocurrido pedirme lo que necesitaras.

–En una relación como la nuestra, si la mujer tiene aún un poco de dignidad, debe imponerse todos los sacrificios posibles antes que pedir dinero a su amante y ofrecer un aspecto venal a su amor. Tú me quieres, estoy segura, pero no sabes lo frágil que es el hilo que sujeta al corazón el amor que se siente por chicas como yo. ¿Quién sabe? ¡Quizá un día de malhumor o de aburrimiento te imaginaras ver en nuestra relación un cálculo hábilmente combinado! Prudence es una charlatana. ¡Para qué quería yo los caballos! Vendiéndolos, economizo; puedo pasarme sin ellos perfectamente y así no me gastan nada. Todo lo que te pido es que me quieras, y tú me querrás lo mismo sin caballos, sin cachemiras y sin diamantes.

Lo dijo todo en un tono tan natural que se me saltaron las lágrimas escuchándola.

–Pero, mi buena Marguerite –respondí estrechando amorosamente las manos de mi amante–, sabías perfectamente que un día u otro me enteraría de ese sacrificio y que el día que me enterase no lo toleraría.

–¿Pero por qué?

–Pues porque no puedo entender que el cariño que sientes por mí tenga que privarte ni siquiera de una joya, niña mía. Tampoco yo quiero que en un momento de malhumor o de aburrimiento puedas pensar que, si vivieras con otro hombre, esos momentos no existirían y que te arrepientas ni por un minuto de vivir conmigo. Dentro de unos días tus caballos, tus diamantes y tus chales de cachemira te serán devueltos. Te son tan necesarios como el aire a la vida, y quizá sea ridículo, pero te prefiero suntuosa antes que sencilla.

–Entonces es que ya no me quieres.

–¡Loca!

–Si me quisieras, me dejarías quererte a mi manera; por el contrario, tú continúas viendo en mí sólo una chica a quien ese lujo le resulta indispensable y que sigues creyéndote obligado a pagar. Te da vergüenza aceptar pruebas de mi amor. Sin querer, piensas abandonarme un día e intentas por todos los medios poner tu delicadeza al abrigo de toda sospecha. Tienes razón, amigo mío, pero yo esperaba algo mejor.

Y Marguerite hizo un movimiento para levantarse; la retuve diciéndole:

–Quiero que seas feliz y que no tengas nada que reprocharme, eso es todo.

–¡Y vamos a separarnos!

–¿Por qué, Marguerite? ¿Quién puede separarnos? –grité.

–Tú, que no quieres permitirme que comprenda tu posición, y tienes la vanidad de velar por la mía; tú, que, al conservarme el lujo en medio del que he vivido, quieres conservar la distancia moral que nos separa; tú, en fin, que no crees que mi cariño sea lo suficientemente desinteresado para compartir conmigo tu fortuna, con la que podríamos vivir felices juntos, y prefieres arruinarte, esclavo como eres de un prejuicio ridículo. ¿Crees que yo comparo un coche y unas joyas con tu amor? ¿Crees que para mí la felicidad consiste en las vanidades con que una se contenta cuando no ama nada, pero que se convierten en algo muy mezquino cuando ama? Tú pagarás mis deudas, malbaratarás tu fortuna ¡y me mantendrás al fin! ¿Cuánto tiempo durará todo eso? Dos o tres meses, y entonces será demasiado tarde para emprender la vida que te propongo, pues entonces lo aceptarías todo de mí, y eso es lo que un hombre de honor no puede hacer. Mientras que ahora tienes ocho o diez mil francos de renta, con los cuales podemos vivir. De lo que tengo, yo venderé lo superfluo, y sólo con esa venta me haré con dos mil libras al año. Alquilaremos un lindo pisito en el que nos quedaremos los dos. En verano vendremos al campo, pero no a una casa como ésta, sino a una casita suficiente para dos personas. Tú eres independiente, yo soy libre, somos jóvenes; en nombre del cielo, Armand, no vuelvas a arrojarme a la vida que me vi obligada a llevar en otro tiempo.

Yo no podía responder. Lágrimas de agradecimiento y de amor inundaban mis ojos, y me precipité en los brazos de Marguerite.

–Quería arreglarlo todo sin decirte nada –prosiguió–, pagar todas mis deudas y preparar mi nuevo piso. En octubre habríamos vuelto a París y te lo hubiera dicho todo; pero, puesto que Prudence te lo ha contado todo, es preciso que consientas antes en lugar de consentir después. ¿Me quieres lo bastante para hacerlo?

Era imposible resistirse a tanta abnegación. Besé las manos de Marguerite con efusión y le dije:

–Haré todo lo que quieras.

Quedó, pues, convenido lo que ella había decidido.

Entonces se volvió loca de alegría: bailaba, cantaba, se regocijaba de la sencillez de su nuevo piso y me consultaba ya acerca de su distribución y del barrio.

La veía feliz y orgullosa de aquella resolución, que parecía que iba a acercarnos definitivamente el uno al otro.

Así que yo tampoco quise ser menos que ella.

En un instante decidí mi vida. Hice un balance de mi fortuna y dejé en manos de Marguerite la renta que procedía de mi madre y que me pareció muy insuficiente para recompensar el sacrificio que aceptaba.

Me quedaban los cinco mil francos de pensión que me pasaba mi padre y, sucediera lo que sucediese, siempre tendría bastante con esa pensión anual para vivir.

No dije a Marguerite lo que había resuelto, convencido como estaba de que rechazaría aquella donación.

Dicha renta procedía de una hipoteca de sesenta mil francos sobre una casa que yo ni siquiera había visto. Todo lo que sabía es que cada trimestre el notario de mi padre, un viejo amigo de nuestra familia, me enviaba setecientos cincuenta francos contra un simple recibo.

El día en que Marguerite y yo nos vinimos a París para buscar piso fui a ver al notario y le pregunté de qué modo debía proceder para hacer la transferencia de aquella renta a otra persona.

El buen hombre me creyó arruinado y me preguntó por la causa de aquella decisión. Y, como más pronto o más tarde tendría que decirle en favor de quién hacía aquella donación, preferí contarle en seguida la verdad.

No me hizo ninguna de las objeciones que su posición de notario y de amigo le autorizaba a hacerme, y me aseguró que se encargaría de arreglarlo todo del mejor modo posible.

Naturalmente le recomendé la mayor discreción respecto a mi padre, y fui a reunirme con Marguerite, que me esperaba en casa de Julie Duprat, en donde había preferido bajarse antes de tener que escuchar los sermones de Prudence.

Nos pusimos a buscar piso. Todos los que veíamos a Marguerite le parecían demasiado caros y a mí demasiado sencillos. Sin embargo, acabamos por ponernos de acuerdo, y en uno de los barrios más tranquilos de París alquilamos una especie de chalecito, aislado del edificio principal.

Detrás del chalecito se extendía un jardín encantador, un jardín que dependía de él, rodeado de paredes lo suficientemente elevadas para separarnos de nuestros vecinos y lo suficientemente bajas como para no limitarnos la vista.

Era más de lo que habíamos esperado.

Mientras me dirigía a mi casa para dejar libre mi piso, Marguerite iba a ver a un hombre de negocios que, según decía ella, había hecho ya por una de sus amigas lo que iba a pedirle que hiciera por ella.

Vino a buscarme a la calle de Provence encantada. Aquel hombre le había prometido pagar todas sus deudas, darle los recibos correspondientes y entregarle veinte mil francos a cambio de todos sus muebles.

Ya ha visto usted, por el precio que alcanzó la subasta, que aquel honrado varón habría ganado más de treinta mil francos con su cliente.

Volvimos muy contentos a Bougival, sin dejar de comunicarnos nuestros proyectos para el futuro, que, gracias a nuestra despreocupación y sobre todo a nuestro amor, se nos aparecía de color de rosa.

Ocho días después estábamos comiendo cuando Nanine vino a decirme que mi criado preguntaba por mí.

Mandé que entrara.

–Señor –me dijo–, su padre ha llegado a París y le ruega que vuelva en seguida a casa, donde lo está esperando.

Aquella noticia era la cosa más simple del mundo y, sin embargo, al recibirla, Marguerite y yo nos miramos.

Adivinábamos una desgracia tras aquel incidente.

Así que, sin que me hiciera partícipe de aquella impresión que yo compartía, respondí tendiéndole la mano:

–No temas.

–Vuelve lo antes posible –murmuró Marguerite abrazándome–, te esperaré a la ventana.

Envié a Joseph a decir a mi padre que ya iba.

En efecto, dos horas después, estaba en la calle de Provence.

Capítulo 20

Mi padre, en bata, estaba sentado en mi salón y escribía.

Por la forma de levantar sus ojos hacia mí cuando entré, comprendí en seguida que iba a tratar de cosas graves.

Sin embargo, lo abordé como si no hubiera adivinado nada en su rostro y lo besé.

–¿Cuándo ha llegado usted, padre?

–Ayer por la noche.

–¿Ha venido a mi casa como de costumbre?

–Sí.

–Lamento no haber estado aquí para recibirlo.

Esperaba ver surgir tras aquellas palabras el sermón que me prometía el rostro frío de mi padre, pero no me respondió nada, cerró la carta que acababa de escribir y se la entregó a Joseph para que la echara al correo.

Cuando estuvimos solos, mi padre se levantó y, apoyándose contra la chimenea, me dijo:

–Querido Armand, tenemos que hablar de cosas serias.

–Lo escucho, padre.

–¿Me prometes ser franco?

–Es mi costumbre.

–¿Es cierto que vives con una mujer llamada Marguerite Gautier?

–Sí.

–¿Sabes lo que era esa mujer?

–Una entretenida.

–¿Y por ella te has olvidado de ir a vernos este año a tu hermana y a mí?

–Sí, padre, lo confieso.

–¿Entonces, quieres mucho a esa mujer?

–Ya lo ve usted, padre, puesto que me ha hecho faltar a un deber sagrado, por el que hoy le pido humildemente perdón.

Sin duda, mi padre no se esperaba respuestas tan categóricas, pues pareció reflexionar un instante, tras lo cual me dijo:

–Evidentemente habrás comprendido que no podrías vivir siempre así.

–Lo he temido, padre, pero no lo he comprendido.

–Pero sí que debía haber comprendido usted –continuó mi padre en un tono un poco más seco– que yo no lo toleraría.

–Pensé que, en tanto que no hiciera nada que fuera en contra del respeto que debo a su nombre y a la probidad tradicional de la familia, podría vivir como vivo, lo cual me tranquilizó un poco respecto a los temores que tenía.

Las pasiones fortalecen contra los sentimientos. Estaba dispuesto a luchar contra todo, incluso contra mi padre, con tal de conservar a Marguerite.

–Entonces ha llegado el momento de vivir de otro modo.

–¿Y por qué, padre?

–Porque está usted a punto de hacer cosas que hieren el respeto que cree tener por su familia.

–No entiendo esas palabras.

–Pues voy a explicárselas. Que tenga usted una amante, está muy bien; que la pague como un hombre galante debe pagar el amor de una entretenida, no puede estar mejor; pero que olvide por ella las cosas más sagradas, que permita que el ruido de su vida escandalosa llegue hasta el fondo de mi provincia y arroje la sombra de una mancha sobre el honorable apellido que le he dado, eso sí que no puede ser y no será.

–Permítame que le diga, padre, que los que le han informado sobre mí estaban mal enterados. Soy el amante de la señorita Gautier y vivo con ella: es la cosa más sencilla del mundo. No doy a la señorita Gautier el apellido que he recibido de usted, gasto con ella lo que mis medios me permiten, no tengo deudas y, en fin, no estoy en ninguna de esas situaciones que autorizan a un padre a decir a su hijo lo que usted acaba de decirme.

–Un padre siempre está autorizado a apartar a su hijo del mal camino por el que lo ve lanzarse. Aún no ha hecho usted nada malo, pero lo hará.

–¡Padre!

–Conozco la vida mejor que usted, caballero. Sólo en las mujeres completamente castas hay sentimientos completamente puros. Toda Manon puede hacer un Des Grieux[1], y el tiempo y las costumbres han cambiado. Sería inútil que el mundo envejeciera si no se corrigiese. Dejará usted a su amante.

–Me molesta tener que desobedecerle, padre, pero eso es imposible.

–Le obligaré.

–Desgraciadamente, padre, no hay islas Sainte-Marguerite donde enviar a las cortesanas[2], y, aunque las hubiera, seguiría allí a la señorita Gautier, si consiguiera usted que la enviaran. ¿Qué quiere? Puede que esté equivocado, pero no podré ser feliz más que a condición de seguir siendo el amante de esa mujer.

–Vamos a ver, Armand, abra los ojos, reconozca que su padre siempre le ha querido y que sólo quiere su felicidad. ¿Es honroso para usted ir a vivir maritalmente con una chica que ha sido de todo el mundo?

–¡Y eso qué importa, padre, si ya no será de nadie más! ¡Qué importa, si esa chica me ama, si se regenera por el amor que siente por mí y por el amor que yo siento por ella! ¡Qué importa, en fin, habiendo conversión!

–¡Vaya! ¿Y cree usted, caballero, que la misión de un hombre de honor es andar convirtiendo cor-

---

1. Alude a los pasajes de *Manon Lescaut* en que Des Grieux, incapaz de resistir la pasión invencible que siente por Manon, se ve arrastrado al deshonor.

2. Manon Lescaut es deportada a Nueva Orleans, ciudad americana a la izquierda del Mississippi, que entonces era colonia francesa.

tesanas? ¿Cree usted que Dios ha dado esa grotesca finalidad a la vida y que el corazón no debe tener más entusiasmo que ése? ¿Cuál será la conclusión de esta cura maravillosa y qué pensará usted de lo que dice hoy cuando tenga cuarenta años? Se reirá de su amor, si es que aún puede reírse, si es que no ha dejado huellas demasiado profundas en su pasado. ¿Qué sería usted en este momento, si su padre hubiera tenido sus ideas y hubiera abandonado su vida a todas esas inspiraciones amorosas, en lugar de establecerla inquebrantablemente sobre un pensamiento de honor y de lealtad? Reflexione, Armand, y no diga semejantes tonterías. Vamos, deje a esa mujer, su padre se lo suplica.

No respondí nada.

–Armand –continuó mi padre–, en nombre de su santa madre, créame, renuncie a esa vida, que olvidará mucho más pronto de lo que piensa y a la que lo encadena una teoría imposible. Tiene usted veinticuatro años, piense en el futuro. No puede amar siempre a una mujer que tampoco lo amará siempre. Están los dos exagerando su amor. Se está cerrando usted todos los caminos. Un paso más y ya no podrá abandonar la ruta en que se encuentra, y toda su vida sentirá el remordimiento de su juventud. Salga, venga a pasar un mes o dos junto a su hermana. El descanso y el amor piadoso de la familia lo curarán rápidamente de esta fiebre, pues no es otra cosa. Entre tanto su querida se consolará, encontrará otro amante y, cuando vea usted por quién estuvo a punto de enemistarse con su padre y perder su cariño, me dirá que he hecho bien en venir a buscarlo y me bendecirá. Vamos, te marcharás, ¿verdad, Armand?

Sentía que mi padre tenía razón hablando de cualquier mujer, pero estaba convencido de que no tenía razón hablando de Marguerite. Sin embargo, el tono en que me había dicho sus últimas palabras era tan dulce, tan suplicante, que no me atrevía a responderle.

–Bueno, ¿qué? –dijo con voz emocionada.

–Bueno, pues no puedo prometerle nada, padre –dije al fin–. Lo que me pide está por encima de mis fuerzas. Créame –continué, al ver que hacía un movimiento de impaciencia–, exagera usted los resultados de esta relación. Marguerite no es la chica que usted cree. Este amor, lejos de lanzarme por el mal camino, es por el contrario capaz de desarrollar en mí los más honorables sentimientos. El amor verdadero siempre nos hace mejores, cualquiera que sea la mujer que lo inspira. Si conociera usted a Marguerite, comprendería que no me expongo a nada. Es tan noble como la mujer más noble. Todo lo que hay de codicia en las otras es desinterés en ella.

–Lo que no le impide aceptar toda su fortuna, pues los sesenta mil francos que usted heredó de su madre y que ahora le da a ella constituyen, recuerde bien lo que le digo, su única fortuna.

Probablemente mi padre había guardado esta perorata y aquella amenaza para asestarme el último golpe.

Pero sus amenazas me envalentonaron más que sus súplicas.

–¿Quién le ha dicho que iba a cederle esa cantidad? –repuse.

–Mi notario. ¿Un hombre honrado iba a realizar un acto así sin avisarme? Bien, pues he venido a París para impedir su ruina en favor de una chica cualquiera. Su madre, al morir, le dejó para vivir honradamente, pero no para andar haciendo generosidades con sus amantes.

–Le juro, padre, que Marguerite ignoraba esa donación.

–¿Entonces por qué la hacía?

–Porque Marguerite, esa mujer que usted calumnia y que quiere que abandone, ha sacrificado todo lo que posee para vivir conmigo.

–¿Y acepta usted ese sacrificio? ¿Pero qué clase de hombre es usted, señor mío, para permitir que una señorita Marguerite le sacrifique nada? Vamos, esto ya es el colmo. Va a dejar usted a esa mujer. Hace un momento se lo rogaba, ahora se lo ordeno; no quiero semejante porquería en mi familia. Haga sus maletas y dispóngase a seguirme.

–Perdóneme, padre –dije entonces–, pero no me marcharé.

–¿Por qué?

–Porque ya no tengo edad de obedecer órdenes.

Ante aquella respuesta mi padre palideció.

–Está bien, señor –repuso–, ya sé lo que tengo que hacer.

Llamó.

Joseph apareció.

–Que lleven mis maletas al hotel París –dijo a mi criado. Y al mismo tiempo pasó a su habitación, donde acabó de vestirse.

Cuando volvió a aparecer, fui a su encuentro.

–Padre –le dije–, prométame que no hará nada que pueda hacer sufrir a Marguerite.

Mi padre se detuvo, me miró con desdén y se limitó a responder:

–Creo que está usted loco.

Y dicho esto, salió cerrando violentamente la puerta detrás de él.

También yo bajé, tomé un cabriolé y salí hacia Bougival.

Marguerite me esperaba a la ventana.

Capítulo 21

–¡Por fin! –gritó, echándome los brazos al cuello–. ¡Ya estás aquí! ¡Qué pálido estás!

Entonces le conté la escena con mi padre.

–¡Oh, Dios mío! Lo sospechaba –dijo–. Cuando Joseph vino a anunciarnos la llegada de tu padre, me sobresalté como ante la noticia de una desgracia. ¡Pobre amigo mío! Y soy yo la causante de todas estas penas. Quizá sería mejor que me dejaras y que no te enemistaras con tu padre. Sin embargo, yo no he hecho nada. Vivimos muy tranquilos y vamos a vivir más tranquilos aún. Él sabe de sobra que necesitas tener una amante, y debería estar contento de que sea yo, puesto que te amo y no ambiciono nada que tu posición no te permita. ¿Le has dicho los planes que hemos hecho para el futuro?

–Sí, y eso es lo que más le ha irritado, pues ha visto en esa determinación la prueba de nuestro amor mutuo.

–¿Entonces, qué vamos a hacer?

–Seguir juntos, mi buena Marguerite, y dejar pasar esta tormenta.

–¿Pasará?

–Tendrá que pasar.

–¿Y si tu padre no se conforma con eso?

–¿Qué quieres que haga?

–¿Y qué sé yo? Todo lo que un padre es capaz de hacer para que su hijo le obedezca. Te recordará mi vida pasada y quizá me haga el honor de inventar alguna nueva historia para que me abandones.

–Bien sabes que te quiero.

–Sí, pero también sé que antes o después uno tiene que obedecer a su padre, y quizá acabarás por dejarte convencer.

–No, Marguerite, soy yo quien va a convencerlo a él. Han sido los chismorreos de algún amigo suyo los que lo han hecho enfadarse de ese modo; pero él es bueno, es justo, y se volverá atrás de su primera impresión. Además, al fin y al cabo, ¡qué me importa!

–No digas eso, Armand; preferiría cualquier cosa antes de permitir que crean que yo te indispongo con tu familia; deja pasar este día y mañana vuelve a París. Tu padre habrá reflexionado por su lado como tú por el tuyo, y quizá os entendáis mejor. No vayas en contra de sus principios, simula hacer algunas concesiones a sus deseos; aparenta que no tienes tanto interés por mí, y dejará las cosas como están. Ten esperanza, amigo mío, y estate seguro de una cosa, y es que, suceda lo que suceda, tu Marguerite será siempre tuya.

–¿Me lo juras?

–¿Necesito jurártelo?

¡Qué dulce es dejarse persuadir por la voz que amamos! Marguerite y yo pasamos todo el día repitiéndonos nuestros proyectos, como si hubiéramos comprendido la necesidad de realizarlos más deprisa. A cada minuto esperábamos algún acontecimiento, pero por suerte el día pasó sin traernos nada nuevo.

Al día siguiente, a las diez, me marché y llegué al hotel a mediodía.

Mi padre había salido ya.

Volví a mi casa, esperando que quizá hubiera ido allí. No había ido nadie. Fui a casa de mi notario. ¡Nadie!

Volví al hotel y esperé hasta las seis. El señor Duval no volvió.

Tomé otra vez el camino de Bougival.

Encontré a Marguerite, no aguardándome como el día anterior, sino sentada al lado del fuego que ya estaba pidiendo la estación.

Estaba lo suficientemente sumida en sus reflexiones para dejarme acercar a su sillón sin oírme y sin volverse. Cuando posé mis labios en su frente, se estremeció como si aquel beso la hubiera despertado sobresaltada.

–Me has dado un susto –dijo–. ¿Y tu padre?

–No lo he visto. No sé qué quiere decir esto. No lo he encontrado ni en su hotel ni en ninguno de los lugares donde había posibilidad de que estuviera.

–Vamos, será cosa de empezar mañana otra vez.

–Me están dando ganas de esperar a que me llame. Creo que ya he hecho todo lo que tenía que hacer.

–No, amigo mío, no es bastante; tienes que volver a ver a tu padre, sobre todo mañana.

–¿Por qué mejor mañana que otro día?

–Porque –dijo Marguerite, que pareció enrojecer un poco ante aquella pregunta–, porque la insistencia por tu parte le parecerá más viva y con ello obtendremos antes el perdón.

Todo el resto del día Marguerite estuvo preocupada, distraída, triste. Me veía obligado a repetirle dos veces lo que le decía para obtener una respuesta. Achacó aquella preocupación a los temores que le inspiraban para el futuro los acontecimientos acaecidos en los dos últimos días.

Pasé la noche tranquilizándola y al día siguiente me hizo marchar con una insistente inquietud que yo no lograba explicarme.

Como el día anterior, mi padre estaba ausente; pero, al salir, me había dejado esta carta:

> «Si vuelve a verme hoy, espéreme hasta las cuatro; si a las cuatro no he regresado, vuelva mañana para cenar conmigo: tengo que hablar con usted».

Esperé hasta la hora indicada. Mi padre no apareció. Me marché.

Si el día anterior encontré a Marguerite triste, aquel día la encontré febril y agitada. Al verme entrar me echó los brazos al cuello, pero estuvo llorando mucho tiempo entre mis brazos.

Le pregunté por aquel dolor súbito cuya progresión me alarmaba. No me dio ninguna razón positiva, alegando todo lo que puede alegar una mujer cuando no quiere decir la verdad.

Cuando estuvo un poco más calmada, le conté los resultados de mi viaje; le enseñé la carta de mi padre, haciéndole observar que eso podía ser un buen presagio.

A la vista de aquella carta y del comentario que hice redoblaron las lágrimas hasta tal punto que llamé a Nanine y, temiendo un ataque de nervios, acostamos a la pobre chica, que seguía llorando sin decir una palabra, aunque me cogía las manos y las besaba a cada instante.

Pregunté a Nanine si, durante mi ausencia, su ama había recibido alguna carta o alguna visita que hubiera podido motivar el estado en que la hallé, pero Nanine me respondió que no había venido nadie ni le habían traído nada.

Sin embargo, algo había pasado desde el día anterior, tanto más inquietante cuanto que Marguerite me lo ocultaba.

Por la noche parecía un poco más calmada y, haciéndome sentar al pie de su cama, me reiteró largamente la certeza de su amor. Luego me sonrió, pero haciendo un esfuerzo, pues a pesar suyo las lágrimas velaban sus ojos.

Empleé todos los medios a mi alcance para hacerle confesar la verdadera causa de aquella pesadumbre, pero se obstinó en seguir dándome las vagas razones que ya le he dicho.

Acabó por dormirse entre mis brazos, pero con ese sueño que destroza el cuerpo en lugar de hacerlo descansar; de cuando en cuando lanzaba un grito, se despertaba sobresaltada y, tras cerciorarse de que seguía a su lado, me hacía jurarle que la querría siempre.

Yo no lograba entender esas intermitencias de dolor, que se prolongaron hasta la mañana. Entonces Marguerite cayó en una especie de sopor. Llevaba dos noches sin dormir.

Aquel descanso no duró mucho.

Hacia las once Marguerite se despertó y, al verme levantado, miró a su alrededor gritando:

–¿Ya te vas?

–No –dije, cogiéndole las manos–, pero he querido dejarte dormir. Todavía es temprano.

–¿A qué hora te vas a París?

–A las cuatro.

–¿Tan pronto? Hasta entonces te quedarás conmigo, ¿verdad?

–Pues claro, ¿no lo hago siempre así?

–¡Qué felicidad! ¿Desayunamos? –prosiguió con aire distraído.

–Como quieras.

–¿Y luego me abrazarás bien fuerte hasta la hora de irte?

–Sí, y volveré lo antes posible.

–¿Volverás? –dijo, mirándome con ojos extraviados.

–Naturalmente.

–Claro, volverás esta noche, y yo te esperaré como de costumbre, y me amarás, y seremos tan felices como lo somos desde que nos conocemos.

Decía todas estas palabras en un tono tan entrecortado, parecían ocultar un pensamiento doloroso tan continuo que temía a cada instante ver caer a Marguerite en el delirio.

–Escucha –le dije–, tú estás enferma, no puedo dejarte así. Voy a escribir a mi padre que no me espere.

–¡No! ¡No! –gritó bruscamente–. No hagas eso. Tu padre volvería a acusarme de que te impido ir con él cuando quiere verte. No, no, ¡tienes que ir, tienes que ir! Además, no estoy enferma, me siento de maravilla. Es que he tenido un mal sueño y no estaba bien despierta.

Desde aquel momento, Marguerite intentó mostrarse más alegre. Dejó de llorar.

Cuando llegó la hora de marcharme, la besé y le pregunté si quería acompañarme a la estación de ferrocarril: esperaba que el paseo la distraería y que el aire la sentaría bien.

Quería, sobre todo, estar con ella el mayor tiempo posible.

Aceptó, cogió un abrigo y me acompañó con Nanine para no volver sola.

Veinte veces estuve a punto de no marcharme. Pero la esperanza de volver pronto y el temor de indisponerme de nuevo con mi padre me contuvieron, y el tren me llevó.

–Hasta la noche –dije a Marguerite al dejarla.

No me respondió.

Ya otra vez no me respondió a esa misma frase, y el conde de C***, como recordará usted, pasó la noche en su casa; pero aquellos tiempos estaban tan lejos que parecían borrados de mi memoria, y, si algo temía, no era desde luego que Marguerite me engañase.

Nada más llegar a París corrí a casa de Prudence a rogarle que fuera a ver a Marguerite, con la esperanza de que su verborrea y su alegría la distrajeran.

Entré sin anunciarme y encontré a Prudence en el tocador.

–¡Ah! –me dijo con aire inquieto–. ¿Ha venido Marguerite con usted?

–No.

–¿Qué tal está?

–No está bien del todo.

–¿No vendrá entonces?

–¿Es que tenía que venir?

La señora Duvernoy enrojeció y me respondió con cierto embarazo:

–Quería decir que, como ha venido usted a París, si no va a venir ella a reunirse con usted.

–No.

Miré a Prudence; bajó los ojos, y en su fisonomía creí leer el temor de ver prolongarse mi visita.

–También venía a rogarle, querida Prudence, que, si no tiene nada que hacer, vaya a ver a Marguerite esta tarde; le haría usted compañía y podría dormir allí. Hoy estaba como nunca la había visto y temo que caiga enferma.

–Voy a cenar en la ciudad –me respondió Prudence– y no podré ver a Marguerite esta tarde, pero la veré mañana.

Me despedí de la señora Duvernoy, que parecía estar casi tan preocupada como Marguerite, y fui a ver a mi padre, cuya primera mirada me estudió con atención.

Me tendió la mano.

–Sus dos visitas me han complacido mucho, Armand –me dijo–. Ellas me han hecho esperar que haya usted reflexionado por su parte, como yo he reflexionado por la mía.

–Padre, ¿puedo permitirme preguntarle cuál ha sido el resultado de sus reflexiones?

–Pues ha sido, amigo mío, que he exagerado la importancia de los informes que me dieron, y que me he prometido ser menos severo contigo.

–¡Qué me dice, padre! –grité con alegría.

–Digo, querido hijo, que es conveniente que todo joven tenga una amante y que, después de haberme informado mejor, prefiero saberte amante de la señorita Gautier antes que de otra.

–¡Padre admirable! ¡Qué feliz me hace usted!

Charlamos así unos instantes y luego nos pusimos a la mesa. Mi padre estuvo encantador todo el tiempo que duró la cena.

Yo tenía prisa por regresar a Bougival para contar a Marguerite aquel dichoso cambio. A cada instante miraba el reloj de pared.

–Miras la hora –me dijo mi padre–, estás impaciente por dejarme. ¡Oh, los jóvenes! ¿Siempre sacrificaréis los afectos sinceros a los dudosos?

–¡No diga eso, padre! Marguerite me quiere, estoy seguro.

Mi padre no respondió; no tenía aspecto de dudar ni de creer.

Insistió mucho para que me quedara a pasar toda la noche con él y para que no me fuera hasta el día siguiente; pero le dije que había dejado a Marguerite enferma y le pedí permiso para volver con ella pronto, prometiéndole que regresaría al día siguiente.

Hacía bueno; quiso acompañarme hasta el muelle. Nunca me había sentido tan feliz. El futuro se me aparecía tal como deseaba verlo desde hacía mucho tiempo.

Quería a mi padre como no lo había querido nunca.

En el momento en que iba a partir insistió por última vez para que me quedase; me negué.

–Así que la quieres, ¿eh? –me preguntó.

–Como un loco.

–¡Bueno, pues vete! –Y se pasó la mano por la frente como si quisiera ahuyentar un pensamiento; luego abrió la boca como para decirme algo, pero se contentó con estrecharme la mano y me dejó bruscamente gritando:

–¡Hasta mañana, pues!

Capítulo 22

Me parecía que el tren no avanzaba.

Llegué a Bougival a las once.

No había iluminada ni una ventana de la casa, y llamé sin que nadie me respondiera.

Era la primera vez que me sucedía una cosa parecida. Al fin se presentó el jardinero. Entré.

Apareció Nanine con una luz. Llegué a la habitación de Marguerite.

–¿Dónde está la señora?

–La señora se ha ido a París –me respondió Nanine.

–¡A París!

–Sí, señor.

–¿Cuándo?

–Una hora después que usted.

–¿Y no le ha dejado nada para mí?

–Nada.

Nanine se retiró.

«Es capaz de haberse asustado –pensé– y haberse ido a París para cerciorarse de que la visita que le dije que iba a hacer a mi padre no era un pretexto para tener un día de libertad.»

«Quizá Prudence le haya escrito por algún asunto importante», me dije cuando estuve solo; pero yo había visto a Prudence a mi llegada y no me había dicho nada que pudiera hacerme suponer que había escrito a Marguerite.

De pronto me acordé de la pregunta que me había hecho la señora Duvernoy cuando le dije que Marguerite estaba enferma: «¿Entonces no vendrá hoy?». Al mismo tiempo recordé la turbación de Prudence cuando la miré después de aquella frase que parecía delatar una cita. A ese recuerdo se unía el de las lágrimas de Marguerite durante todo el día, lágrimas que el buen recibimiento de mi padre me había hecho olvidar un poco.

Desde aquel momento todos los incidentes de la jornada fueron a congregarse en torno a mi primera sospecha y la fijaron tan sólidamente en mi espíritu que todo la confirmó, hasta la clemencia paterna.

Marguerite casi me había exigido que yo fuera a París; afectó tranquilidad cuando le propuse quedarme con ella. ¿Había caído en una trampa? ¿Me estaba engañando Marguerite? ¿Había contado con estar de vuelta con tiempo suficiente para que yo no me diera cuenta de su ausencia y la había retenido un imprevisto? ¿Por qué no había dicho nada a Nanine o por qué no me había escrito? ¿Qué querían decir aquellas lágrimas, aquella ausencia, aquel misterio?

Eso era lo que me preguntaba con espanto, en medio de la habitación vacía, con los ojos fijos en el reloj de pared, que al marcar las doce de la noche parecía decirme que era demasiado tarde para que siguiera esperando ver aparecer a mi amante.

Sin embargo, después de las medidas que acabábamos de tomar, con el sacrificio ofrecido y aceptado, ¿era verosímil que me engañara? No. Intenté rechazar mis primeras suposiciones.

La pobre chica habrá encontrado un comprador para su mobiliario y se habrá ido a París para cerrar el trato. No habrá querido avisarme, pues sabe que, aunque la acepto, esa venta, necesaria para nuestra felicidad futura, me resulta penosa, y habrá tenido miedo de herir mi amor propio y mi delicadeza hablándome de ella. Prefiere no volver a aparecer hasta que todo haya terminado. Prudence la aguardaba evidentemente para eso y se ha delatado ante mí; Marguerite no habrá podido terminar hoy la venta y dormirá en su casa, o incluso puede que llegue de un momento a otro, pues debe de sospechar mi inquietud y ciertamente no querrá dejarme aquí.

Pero, entonces, ¿a qué vienen esas lágrimas? Sin duda, pese a su amor por mí, la pobre chica no habrá podido decidirse sin llorar a abandonar el lujo en medio del que ha vivido hasta el presente y que la hacía dichosa y envidiada.

Yo perdonaba de buena gana tales sentimientos a Marguerite. La esperaba con impaciencia para decirle, cubriéndola de besos, que había adivinado la causa de su misteriosa ausencia.

Sin embargo, la noche avanzaba y Marguerite no llegaba.

La inquietud fue estrechando poco a poco su círculo y me oprimía el corazón y la cabeza. ¡Quizá le había ocurrido algo! ¡Quizá estaba herida, enferma, muerta! ¡Quizá vería llegar un mensajero anunciándome algún doloroso accidente! ¡Quizá la aurora me sorprendiera en medio de las mismas incertidumbres y temores!

La idea de que Marguerite me estuviera engañando en el mismo momento en que yo la esperaba entre los terrores que su ausencia me causaba no volvió a ocurrírseme. Hacía falta una causa independiente de su voluntad para retenerla lejos de mí, y cuanto más pensaba en ello, más convencido estaba de que esa causa no podía ser más que alguna desgracia. ¡Oh vanidad del hombre, y cómo sabes mostrarte bajo cualquier forma!

Acababa de dar la una. Me dije que iba a esperar una hora más y que, si a las dos no había venido Marguerite, iría a París.

Mientras esperaba, busqué un libro, pues no me atrevía a pensar.

Manon Lescaut estaba abierto sobre la mesa. Me pareció que en ciertos lugares las páginas estaban mojadas como por lágrimas. Después de haberlo hojeado, volví a cerrar el libro, pues a través del velo de mis dudas sus caracteres me parecían vacíos de sentido.

La hora pasaba lentamente. El cielo estaba cubierto. Una lluvia de otoño azotaba los cristales. El lecho vacío me parecía adquirir por momentos el aspecto de una tumba. Tenía miedo.

Abrí la puerta. Escuché y no oí más que el ruido del viento entre los árboles. Por la carretera no pasaba ni un coche. La media sonó tristemente en el campanario de la iglesia.

Llegué a temer que alguien entrara. Me parecía que a aquella hora y con aquel tiempo sombrío sólo podía llegarme una desgracia.

Dieron las dos. Esperé un poco aún. Sólo el reloj de pared turbaba el silencio con su ruido monótono y cadencioso.

Al fin dejé aquella habitación, cuyos menores objetos se habían revestido de ese aspecto triste que da a cuanto lo rodea la inquieta soledad del corazón.

En la habitación contigua encontré a Nanine dormida sobre su labor. Al ruido de la puerta se despertó y me preguntó si había vuelto su señora.

–No, pero, si vuelve, dígale que no he podido soportar mi inquietud y que me he ido a París.

–¿A estas horas?

–Sí.

–Pero ¿cómo? No va a encontrar coche.

–Iré a pie.

–Pero si está lloviendo.

–¡Qué importa!

–La señora volverá, o, si no vuelve, siempre habrá tiempo de día de ir a ver lo que la ha entretenido. Le van a asesinar por la carretera.

–No hay peligro, mi querida Nanine; hasta mañana.

La buena muchacha fue a buscarme el abrigo, me lo echó por los hombros y se ofreció para ir a despertar a la tía Arnould y preguntarle si era posible encontrar un coche; pero yo me opuse, convencido de que en esa tentativa, quizá infructuosa, perdería más tiempo de lo que me llevaría hacer la mitad del camino.

Además, necesitaba aire y un cansancio físico que agotase la sobreexcitación de que era presa.

Cogí la llave del piso de la calle de Antin y, después de haber dicho adiós a Nanine, que me había acompañado hasta la verja, me marché.

Al principio eché a correr, pero la tierra estaba recién mojada y me fatigaba doblemente. Al cabo de media hora de correr así me vi obligado a detenerme: sudaba a chorros. Tomé aliento y continué mi camino. La noche era tan densa que a cada instante temía chocar contra los árboles de la carretera, que, al presentarse bruscamente ante mis ojos, tenían el aspecto de grandes fantasmas que corrían hacia mí.

Encontré uno o dos carros que pronto dejé atrás.

Una calesa se dirigía a trote largo hacia Bougival. En el momento en que pasaba ante mí me asaltó la esperanza de que Marguerite iba en ella.

Me detuve gritando:

–¡Marguerite! ¡Marguerite!

Pero nadie me respondió y la calesa continuó su camino. La miré alejarse y eché a andar otra vez.

Tardé dos horas en llegar a la puerta de l'Étoile.

La vista de París me dio fuerzas y bajé corriendo la larga avenida que tantas veces había recorrido.

Aquella noche no pasaba nadie por allí.

Diríase que paseaba por una ciudad muerta.

Empezaba a romper el día.

Cuando llegué a la calle de Antin, la gran ciudad empezaba ya a removerse un poco antes de despertarse del todo. En el momento en que yo entraba en casa de Marguerite daban las cinco en la iglesia de Saint-Roch.

Di mi nombre al portero, el cual había recibido ya no pocas monedas mías de veinte francos para saber que podía ir a casa de la señorita Gautier a las cinco de la mañana.

Pasé, pues, sin obstáculo.

Hubiera podido preguntarle si Marguerite estaba en casa, pero habría podido responderme que no, y prefería dudar dos minutos más, pues dudando esperaba todavía.

Presté oídos a la puerta, intentando sorprender un ruido, un movimiento.

Nada. El silencio del campo parecía haber llegado hasta allí.

Abrí la puerta y entré.

Todas las cortinas estaban herméticamente cerradas.

Corrí las del comedor, me dirigí hacia el dormitorio y empujé la puerta.

Salté sobre el cordón de las cortinas y tiré violentamente de él.

Se abrieron las cortinas; entró un tenue rayo de luz y corrí hacia la cama.

¡Estaba vacía!

Abrí las puertas una tras otra, entré en todas las habitaciones.

Nadie.

Era para volverse loco.

Pasé al cuarto de aseo, abrí la ventana y llamé repetidas veces a Prudence.

La ventana de la señora Duvernoy siguió cerrada.

Entonces bajé a ver al portero y le pregunté si la señorita Gautier había venido a su casa durante el día.

–Sí –me respondió aquel hombre–, con la señora Duvernoy.

–¿No ha dejado ningún recado para mí?

–Nada.

–¿Sabe lo que han hecho después?

–Han subido en un coche.

–¿Qué clase de coche?

–Un cupé particular.

¿Qué significaba todo aquello?

Llamé a la puerta vecina.

–¿Dónde va usted? –me preguntó el portero después de abrirme.

–A casa de la señora Duvernoy.

–No ha vuelto.

–¿Está seguro?

–Sí, señor; incluso tengo aquí una carta que trajeron para ella ayer por la noche y que aún no he podido entregarle.

Y el portero me enseñó una carta a la que eché maquinalmente una mirada.

Reconocí la letra de Marguerite.

Tomé la carta.

En las señas decía lo siguiente:

«Señora Duvernoy, para entregar al señor Duval».

–Esta carta es para mí –le dije al portero, mostrándole las señas.

–¿Es usted el señor Duval? –me respondió aquel hombre.

–Sí.

–¡Ah!, ya lo conozco. Usted solía venir a menudo a casa de la señora Duvernoy.

Una vez en la calle, rompí el sello de la carta.

Un rayo que hubiera caído a mis pies no me hubiera causado más espanto que aquella lectura.

> «Armand, cuando lea esta carta, ya seré la amante de otro hombre. Así que todo ha terminado entre nosotros.
>
> »Vuelva con su padre, amigo mío, vaya a ver a su hermana, joven casta, ignorante de todas nuestras miserias, y a su lado olvidará muy pronto todo lo que le haya hecho sufrir esa perdida que llaman Marguerite Gautier, a quien quiso usted amar por un instante y que le debe a usted los únicos momentos felices de una vida que ella espera que ya no será larga.»

Cuando hube leído la última palabra, creí que iba a volverme loco.

Por un momento tuve realmente miedo de caer sobre el pavimento de la calle. Una nube me pasó por los ojos y la sangre me golpeaba en las sienes.

Al fin me repuse un poco, miré a mi alrededor, totalmente asombrado de ver que la vida de los demás continuaba sin detenerse ante mi desgracia.

No era lo suficientemente fuerte para soportar yo solo el golpe que me daba Marguerite.

Entonces me acordé de que mi padre estaba en la misma ciudad que yo, que en diez minutos podía estar a su lado y que, cualquiera que fuese la causa de mi dolor, él la compartiría.

Corrí como un loco, como un ladrón, hasta el hotel de París: encontré la llave puesta en la puerta de la habitación de mi padre. Entré.

Estaba leyendo.

A juzgar por el poco asombro que mostró al verme aparecer, hubiérase dicho que me esperaba.

Me precipité en sus brazos sin decirle una palabra, le di la carta de Marguerite y, dejándome caer delante de su cama, lloré a lágrima viva.

Capítulo 23

Cuando todas las cosas de la vida volvieron a recobrar su curso, no podía creer que el día que despuntaba no sería para mí semejante a los que lo precedieron. Había momentos en que me figuraba que alguna circunstancia que no podía recordar me había hecho pasar la noche fuera de la casa de Marguerite, pero que, si volvía a Bougival, la encontraría preocupada, como yo lo había estado, y me preguntaría qué había podido retenerme lejos de ella.

Cuando la existencia ha contraído un hábito como el del amor, parece imposible que ese hábito pueda romperse sin quebrar al mismo tiempo todos los resortes de la vida.

Así que me veía obligado a releer de cuando en cuando la carta de Marguerite para convencerme de que no había soñado.

Mi cuerpo, al sucumbir bajo la sacudida moral, era incapaz de hacer un movimiento. La inquietud, la caminata de la noche y la noticia de la mañana me habían agotado. Mi padre aprovechó aquella postración total de mis fuerzas para pedirme la promesa formal de irme con él.

Prometí todo lo que quiso. Era incapaz de mantener una discusión y necesitaba un afecto verdadero que me ayudara a vivir después de lo que acababa de ocurrir.

Me sentía muy dichoso de que mi padre se dignara consolarme de tamaña pesadumbre.

Todo lo que recuerdo es que aquel día, hacia las cinco, me hizo subir con él en una silla de posta. Sin decirme nada, había mandado que preparasen mis maletas, que las colocasen con las suyas detrás del coche, y me llevó con él.

No me di cuenta de lo que hacía hasta que la ciudad hubo desaparecido y la soledad de la carretera me recordó el vacío de mi corazón.

Y otra vez se me saltaron las lágrimas.

Mi padre comprendió que ninguna palabra, ni siquiera suya, me consolaría, y me dejó llorar sin decir nada, contentándose con estrecharme la mano alguna vez, como para recordarme que tenía un amigo a mi lado.

Por la noche dormí un poco. Soñé con Marguerite.

Me desperté sobresaltado, sin comprender por qué estaba en un coche.

Luego la realidad volvió a mi mente y dejé caer la cabeza sobre el pecho.

No me atrevía a hablar con mi padre; seguía temiendo que me dijera: «¿Ves como tenía yo razón cuando negaba el amor de esa mujer?».

Pero no abusó de su ventaja, y llegamos a C*** sin que me dijera más que palabras completamente ajenas al acontecimiento que me había hecho partir.

Al besar a mi hermana, recordé las palabras de la carta de Marguerite que se referían a ella, pero comprendí en seguida que, por buena que fuese, mi hermana sería insuficiente para hacerme olvidar a mi amante.

Habían levantado la veda de caza, y mi padre pensó que me serviría de distracción. Así que organizó partidas de caza con vecinos y amigos. Yo iba a ellas sin repugnancia, pero sin entusiasmo, con esa especie de apatía que caracterizaba todas mis acciones desde mi partida.

Cazábamos al ojeo. Me ponían en mi puesto. Yo colocaba la escopeta descargada a mi lado y soñaba.

Miraba pasar las nubes. Dejaba que mi pensamiento vagara por las llanuras solitarias y de cuando en cuando oía que algún cazador me llamaba, señalándome una liebre a diez pasos de mí.

Ninguno de aquellos detalles se le escapaba a mi padre y no se dejaba engañar por mi calma exterior. Comprendía perfectamente que, por más abatido que estuviese, mi corazón tendría cualquier día una reacción terrible, peligrosa quizá, y, mientras evitaba cuidadosamente parecer que intentaba consolarme, hacía todo lo posible por distraerme.

Mi hermana, naturalmente, no estaba en el secreto de todos aquellos acontecimientos, y así no se explicaba por qué yo, tan alegre antes, me había vuelto de repente tan pensativo y tan triste.

A veces, sorprendido en medio de mi tristeza por la mirada inquieta de mi padre, le tendía la mano y estrechaba la suya como pidiéndole tácitamente perdón por el daño que sin querer le hacía.

Así pasó un mes, pero fue todo lo que pude soportar.

El recuerdo de Marguerite me perseguía sin cesar. Había amado y amaba demasiado a aquella mujer para que pudiera hacérseme indiferente de improviso. Era preciso que la amara o que la odiase. Sobre todo era preciso que, cualquiera que fuese el sentimiento que experimentara por ella, volviera a verla, y en seguida.

Ese deseo penetró en mi ánimo y se asentó con toda la violencia de la voluntad que al fin reaparece en un cuerpo inerte desde hace mucho tiempo.

Me hacía falta Marguerite, pero no en el futuro, dentro de un mes, dentro de ocho días; me hacía falta al día siguiente de aquel en que se me había ocurrido la idea; y fui a decirle a mi padre que tenía que dejarlo, pues unos asuntos reclamaban mi presencia en París, pero que volvería en seguida.

Sin duda adivinó el motivo que me empujaba a marcharme, pues insistió para que me quedase; pero, viendo que el incumplimiento de aquel deseo, en el estado irritable en que me hallaba, podría tener fatales consecuencias para mí, me abrazó y me rogó, casi con lágrimas, que volviera pronto a su lado.

No dormí hasta no haber llegado a París.

Una vez allí, ¿qué iba a hacer? No lo sabía. Pero ante todo tenía que ocuparme de Marguerite.

Fui a mi casa a cambiarme y, como hacía bueno y aún era buena hora, me dirigí a los Campos Elíseos.

Al cabo de media hora vi venir de lejos, desde la glorieta a la plaza de la Concorde, el coche de Marguerite.

Había recuperado sus caballos, pues el coche era el mismo de antes; sólo que ella no iba dentro.

Apenas había notado su ausencia cuando, al volver los ojos a mi alrededor, vi a Marguerite que bajaba a pie, acompañada de una mujer que no había visto hasta entonces.

Al pasar a mi lado palideció y una sonrisa nerviosa crispó sus labios. Por lo que a mí respecta, un violento latido de corazón conmovió mi pecho; pero conseguí dar una expresión fría a mi rostro y saludé fríamente a mi examante, que llegó casi al instante a su coche, al que subió con su amiga.

Yo conocía a Marguerite. Mi encuentro inesperado debió de trastornarla. Sin duda, se había enterado de mi marcha, que la había tranquilizado sobre las consecuencias de nuestra ruptura; pero, al verme volver, al encontrarse cara a cara conmigo, pálido como estaba, comprendió que mi vuelta tenía un objetivo, y debió de preguntarse lo que iba a suceder.

Si hubiera encontrado a Marguerite desgraciada; si, para vengarme de ella, hubiera podido ir en su ayuda, quizá la habría perdonado, y desde luego no habría pensado en hacerle daño; pero la encontré feliz, al menos en apariencia; otro le había devuelto el lujo que yo no pude mantenerle; nuestra ruptura, que había partido de ella, adquiría por consiguiente el carácter del más bajo interés; me sentía humillado en mi amor propio lo mismo que en mi amor, y necesariamente tenía que pagar lo que yo había sufrido.

No podía quedarme indiferente ante lo que hacía aquella mujer; por consiguiente, lo que más daño le haría sería mi indiferencia; había, pues, que fingir tal sentimiento no sólo a sus ojos, sino a los ojos de los demás.

Intenté poner cara sonriente y me dirigí a casa de Prudence.

La doncella fue a anunciarme y me hizo esperar unos instantes en el salón.

Al fin apareció la señora Duvernoy y me introdujo en su gabinete; en el momento en que me sentaba oí abrir la puerta del salón, y un paso ligero hizo crujir el parqué; luego alguien cerró violentamente la puerta del rellano.

–¿La molesto? –pregunté a Prudence.

–En absoluto. Estaba aquí Marguerite. Cuando ha oído anunciarlo a usted, ha huido: era ella la que acaba de salir.

–¿Es que ahora le doy miedo?

–No, pero teme que le resulte a usted desagradable volver a verla.

–¿Y por qué? –dije, haciendo un esfuerzo por respirar libremente, pues la emoción me ahogaba–. La pobre chica me ha dejado para recobrar su coche, sus muebles y sus diamantes: ha hecho bien, y no tengo por qué guardarle rencor. Me he encontrado hoy con ella –continué con negligencia.

–¿Dónde? –dijo Prudence, que no dejaba de mirarme y parecía preguntarse si aquel hombre era realmente el que ella había conocido tan enamorado.

–En los Campos Elíseos. Estaba con otra mujer muy bonita. ¿Quién es esa mujer?

–¿Cómo es?

–Rubia, delgada, con tirabuzones; ojos azules y muy elegante.

–¡Ah, es Olympe! Una chica muy bonita, efectivamente.

–¿Con quién vive?

–Con nadie, con todo el mundo.

–¿Y dónde vive?

–En la calle Tronchet, n.º ***. Ah, ¿pero quiere usted hacerle la corte?

–Quién sabe lo que puede pasar.

–¿Y Marguerite?

–Decirle que ya no pienso en ella en absoluto sería mentir, pero soy de esos hombres para quienes cuenta mucho la forma de romper. Y Marguerite me ha despedido de una forma tan ligera que me parece que he sido un gran majadero por haber estado tan enamorado como lo estuve, pues la verdad es que he estado muy enamorado de esa chica.

Imagínese en qué tono intenté decir aquellas cosas: el agua me corría por la frente.

–Mire, ella lo quería de verdad y aún lo sigue queriendo: la prueba es que, después de haberse encontrado hoy con usted, ha venido a contármelo en seguida. Al llegar, estaba temblando de arriba abajo, casi hasta encontrarse mal.

–Bueno, ¿y qué le ha dicho?

–Me ha dicho: «Sin duda vendrá a verla», y me ha rogado que implore su perdón.

–Está perdonada, puede decírselo. Es una buena chica, pero es una chica... cualquiera: y lo que me ha hecho debía esperármelo. Hasta le agradezco su resolución, pues hoy me pregunto adónde nos hubiera llevado mi idea de vivir siempre con ella. Era una locura.

–Estará muy contenta de saber que se ha resignado usted ante la necesidad en que ella se encontraba. Ya era hora de que lo dejara a usted, querido. Ese granuja del negociante a quien le propuso vender su mobiliario fue a ver a sus acreedores para preguntarles cuánto les debía ella; éstos tuvieron miedo, y ya iban a subastarlo todo dentro de dos días.

–¿Y ahora está pagado?

–Más o menos.

–¿Y quién ha provisto de fondos?

–El conde de N***. ¡Ah, querido! Hay para esto hombres hechos que ni de encargo. En una palabra, ha dado veinte mil francos; pero ha conseguido sus fines. Sabe perfectamente que Marguerite no está enamorada de él, lo que no le impide ser muy amable con ella. Ya ha visto usted: ha recuperado sus caballos, le ha desempeñado las joyas y le da tanto dinero como le daba el duque; si ella quiere vivir tranquilamente, ese hombre seguirá con ella mucho tiempo.

–¿Y qué hace ella? ¿Vive todo el tiempo en París?

–No ha querido volver a Bougival después de que se marchó usted. He sido yo quien ha ido a buscar todas sus cosas e incluso las de usted, con las que he hecho un paquete que puede usted mandar a recoger aquí. Está todo, excepto una carterita con sus iniciales. Marguerite quiso conservarla y la tiene en su casa. Si le interesa, se la pediré.

–Que se quede con ella –balbucí, pues sentía que las lágrimas se me agolpaban del corazón a los ojos al recuerdo de aquel pueblecito donde yo había sido tan feliz, y a la idea de que Marguerite tenía interés en quedarse con una cosa mía que la haría recordarme.

Si hubiera entrado en aquel momento, mis resoluciones de venganza habrían desaparecido y habría caído a sus pies.

–Por lo demás –prosiguió Prudence–, nunca la he visto como ahora: casi no duerme, recorre los bailes, cena, hasta se achispa. Últimamente, después de una cena, ha estado ocho días en la cama; y, en cuanto el médico la ha permitido levantarse, ha vuelto a empezar aun a riesgo de morir. ¿Va a ir a verla?

–¿Para qué? He venido a verla a usted, porque usted ha estado siempre encantadora conmigo y la conocía antes de conocer a Marguerite. A usted le debo haber sido su amante, como le debo a usted no serlo ya, ¿no es así?

–Yo he hecho todo lo que he podido para que ella lo dejase, ¡qué caramba!, y creo que más tarde no me guardará usted rencor por ello.

–Le estoy doblemente agradecido –añadí, levantándome–, pues empezaba a asquearme de esa mujer al ver cómo se tomaba en serio todo lo que le decía.

–¿Se va usted?

–Sí.

Ya sabía bastante.

–¿Cuándo volveremos a verlo?

–Pronto. Adiós.

–Adiós.

Prudence me condujo hasta la puerta, y volví a mi casa con lágrimas de rabia en los ojos y un deseo de venganza en el corazón.

Así que, decididamente, Marguerite era una chica más; así que aquel amor profundo que sentía por mí no había podido luchar contra el deseo de reemprender su vida pasada y contra la necesidad de tener un coche y organizar orgías.

Eso es lo que me decía yo en medio de mis insomnios, mientras que, si hubiera reflexionado tan fríamente como aparentaba, habría visto en aquella nueva existencia ruidosa de Marguerite la esperanza que tenía de poder acallar un pensamiento continuo, un recuerdo incesante.

Por desgracia, la mala pasión me dominaba, y sólo estaba buscando un medio de torturar a aquella pobre criatura.

¡Oh, y qué pequeño y vil es el hombre cuando le hieren en alguna de sus mezquinas pasiones!

Aquella Olympe con quien yo la había visto era, si no amiga de Marguerite, por lo menos la que más frecuentemente salía con ella desde que volvió a París. Iba a dar un baile y, suponiendo que Marguerite asistiría, busqué el modo de hacerme con una invitación y la conseguí.

Cuando, lleno de mis dolorosas emociones, llegué al baile, estaba ya muy animado. Bailaban, gritaban incluso, y, en una de las contradanzas, descubrí a Marguerite bailando con el conde de N***, el cual parecía muy orgulloso de exhibirla y parecía decir a todo el mundo:

—¡Esta mujer es mía!

Fui a apoyarme en la chimenea, justo frente a Marguerite, y miraba cómo bailaba. Apenas me descubrió, se turbó. La vi y la saludé distraídamente con la mano y con los ojos.

Cuando pensaba que después del baile no se iría conmigo, sino con aquel rico imbécil; cuando me imaginaba lo que verosímilmente seguiría a su regreso a casa de ella, la sangre se me subía al rostro y experimentaba la necesidad de turbar sus amores.

Después de la contradanza fui a saludar a la dueña de la casa, que exponía ante los ojos de los invitados unos hombros magníficos y la mitad de una pechera resplandeciente.

Aquella chica era hermosa, y, desde el punto de vista de las formas, más hermosa que Marguerite. Lo comprendí mejor aún por ciertas miradas que echó a Olympe mientras hablaba con ella. El hombre que fuese amante de aquella mujer podría estar tan orgulloso como lo estaba el señor de N***, y ella era lo suficientemente hermosa para inspirar una pasión igual a la que me había inspirado Marguerite.

Por aquella época no tenía amante. No sería difícil llegar a serlo. El toque estaba en mostrar bastante oro para llamar la atención.

Mi decisión estaba tomada. Aquella mujer sería mi amante.

Empecé mi papel de pretendiente bailando con Olympe.

Media hora después Marguerite, pálida como una muerta, se ponía el abrigo y abandonaba el baile.

Capítulo 24

Ya era algo, pero no era bastante. Comprendía el ascendiente que tenía sobre aquella mujer y abusaba de él cobardemente.

Cuando pienso que ahora está muerta, me pregunto si Dios me perdonará un día todo el daño que le hice.

Después de la cena, que fue de las más ruidosas, nos pusimos a jugar.

Me senté al lado de Olympe y aventuré mi dinero con tanta osadía que no pudo menos de prestar atención a ello. En un momento gané ciento cincuenta o doscientos luises, que extendí ante mí y en los que ella fijaba sus ojos ardientes.

Yo era el único que no se preocupaba del juego en absoluto y que se ocupaba de ella. Seguí ganando todo el resto de la noche, y fui yo quien le dio dinero para jugar, pues ella perdió todo lo que tenía encima y probablemente en casa.

A las cinco de la mañana nos marchamos.

Yo iba ganando trescientos luises.

Todos los jugadores estaban ya abajo; sólo yo me quedé detrás sin que se dieran cuenta, pues no era amigo de ninguno de aquellos caballeros.

La misma Olympe alumbraba la escalera, y ya iba a bajar yo como los otros cuando, volviéndome hacia ella, le dije:

–Tengo que hablar con usted.

–Mañana –me dijo.

–No, ahora.

–¿Qué tiene que decirme?

–Ya lo verá.

Y volví a entrar en el piso.

–Ha perdido usted –le dije.

–Sí.

–¿Todo lo que tenía en casa?

Vaciló.

–Sea franca.

–Bueno, pues es verdad.

–Yo he ganado trescientos luises: ahí los tiene, si me permite quedarme aquí.

Y al mismo tiempo arrojé el oro encima de la mesa.

–¿Y por qué esta proposición?

–¡Porque me gusta usted, pardiez!

–No; lo que pasa es que está usted enamorado de Marguerite y quiere vengarse de ella convirtiéndose en mi amante. A una mujer como yo no se la puede engañar, amigo mío. Por desgracia, soy aún demasiado joven y hermosa para aceptar el papel que me propone.

–Así que ¿se niega usted?

–Sí.

–¿Prefiere amarme por nada? Soy yo quien no aceptaría entonces. Reflexione, querida Olympe; si yo le hubiera enviado una persona cualquiera a ofrecerle estos trescientos luises de mi parte con las condiciones que pongo, usted habría aceptado. He preferido tratarlo directamente con usted. Acepte sin buscar las causas que me impulsan a actuar; dígase que es usted guapa y que no hay nada de sorprendente en que yo esté enamorado de usted.

Marguerite era una entretenida como Olympe, y sin embargo nunca me hubiera atrevido a decirle, la primera vez que la vi, lo que acababa de decirle a aquella mujer. Y es que yo amaba a Marguerite, yo había adivinado en ella unos instintos que a esta otra criatura le faltaban, y en el mismo momento en que proponía aquel trato, pese a su extremada belleza, aquella con quien iba a cerrarlo me daba asco.

Por supuesto, acabó por aceptar, y a mediodía salí de su casa convertido en su amante: pero abandoné su lecho sin llevarme el recuerdo de las caricias y de las palabras de amor que ella se creyó obligada a prodigarme a cambio de los seis mil francos que le dejaba.

Y sin embargo, había quien se había arruinado por aquella mujer.

Desde aquel día hice sufrir a Marguerite una persecución constante. Olympe y ella dejaron de verse, y ya comprenderá usted fácilmente por qué. Regalé a mi nueva amante un coche y joyas; jugaba; en fin, hice todas las locuras propias de un hombre enamorado de una mujer como Olympe. El rumor de mi nueva pasión se extendió inmediatamente.

Hasta Prudence se dejó engañar y acabó por creer que había olvidado completamente a Marguerite. Ésta, bien porque hubiese adivinado el motivo que me impulsaba a obrar, bien porque se equivocara como los demás, respondió con gran dignidad a las heridas que le causaba todos los días. Sólo que ella parecía sufrir, pues, en todas las partes en que me la encontraba, siempre la veía cada vez más pálida, cada vez más triste. Mi amor por ella, exaltado hasta tal punto que se creía convertido en odio, se regocijaba a la vista de aquel dolor cotidiano. Muchas veces, en circunstancias en que fui de una crueldad infame, Marguerite elevó hacia mí miradas tan suplicantes, que enrojecí por el papel que estaba haciendo y estuve a punto de pedirle perdón.

Pero aquellos arrepentimientos tenían la duración del relámpago, y Olympe, que había acabado por dejar de lado toda clase de amor propio y por comprender que haciendo daño a Marguerite obtendría de mí lo que quisiera, me incitaba sin cesar contra ella y la insultaba siempre que se le presentaba la ocasión, con esa persistencia cobarde de la mujer autorizada por un hombre.

Marguerite acabó por no ir más al baile ni al teatro por miedo a encontrarse con Olympe y conmigo. Entonces las cartas anónimas sucedieron a las impertinencias directas, y no había cosa alguna vergonzosa sobre Marguerite que no animase yo a contar a mi amante o que no contara yo mismo.

Había que estar loco para llegar hasta ahí. Yo estaba como un hombre que, habiéndose emborrachado con vino malo, cae en una de esas exaltaciones nerviosas en que la mano es capaz de cometer un crimen sin que el pensamiento intervenga para nada. En medio de todo aquello yo sufría un martirio. La calma sin desdén, la dignidad sin desprecio con que Marguerite respondía a todos mis ataques y que a mis propios ojos la hacían superior a mí me irritaban aún más contra ella.

Una noche Olympe no sé dónde fue y se encontró con Marguerite, que aquella vez no condescendió con la estúpida chica que la insultaba, hasta el punto de que ésta se vio obligada a ceder el sitio. Olympe volvió furiosa y a Marguerite se la llevaron desmayada.

Al volver, Olympe me contó lo que había pasado, me dijo que Marguerite, al verla sola, quiso vengarse de que fuera mi amante, y que yo tenía que escribirle diciéndole que respetase a la mujer que amaba, tanto si estaba yo presente como si no.

No necesito decirle que accedí y que le puse en aquella epístola, que envié a su dirección el mismo día, todo lo más amargo, vergonzoso y cruel que pude encontrar.

Esta vez el golpe había sido demasiado fuerte para que la desgraciada pudiera soportarlo sin decir nada.

No dudaba de que me llegaría una respuesta; así que decidí no salir de casa en todo el día.

Hacia las dos llamaron, y vi entrar a Prudence.

Intenté adoptar un aire indiferente para preguntarle a qué debía su visita: pero aquel día la señora

Duvernoy no estaba risueña y, en un tono seriamente conmovido, me dijo que desde mi regreso, es decir, desde hacía unas tres semanas, no había dejado escapar una ocasión de hacer sufrir a Marguerite; que estaba enferma, y que la escena del día anterior y mi carta de por la mañana la habían postrado en el lecho.

En una palabra, sin hacerme reproches, Marguerite enviaba a pedirme gracia, diciéndome que ya no le quedaba fuerza física ni moral para soportar lo que le hacía.

–La señorita Gautier –dije a Prudence– está en su derecho al despedirme de su casa; pero que insulte a la mujer que amo, so pretexto de que esa mujer es mi amante, no lo permitiré jamás.

–Amigo mío –me dijo Prudence–, está usted sufriendo la influencia de una chica sin corazón ni entendimiento; es verdad que está usted enamorado de ella, pero ésa no es una razón para andar torturando a una mujer que no puede defenderse.

–Que la señorita Gautier me envíe a su conde de N*** y quedará igualada la partida.

–Bien sabe usted que no lo hará. Así que, querido Armand, déjela tranquila; si la viera usted, le daría vergüenza su forma de comportarse con ella. Está pálida, tose y ya no llegará muy lejos.

Y Prudence me tendió la mano, añadiendo:

–Vaya a verla, su visita la hará muy feliz.

–No tengo ganas de encontrarme con el señor de N***.

–El señor de N*** no está nunca en su casa. Ella no puede soportarlo.

–Si a Marguerite le interesa verme, sabe dónde vivo; que venga. Lo que es yo, no pondré los pies en la calle de Antin.

–¿La recibirá usted bien?

–Perfectamente.

–Bueno, pues estoy segura de que vendrá.

–Que venga.

–¿Va a salir hoy?

–Estaré en casa toda la noche.

–Voy a decírselo.

Prudence se marchó.

Ni siquiera escribí a Olympe que no iría a verla. No me molestaba por aquella chica. Apenas si pasaba con ella una noche por semana. Creo que se consolaba con un actor de no sé qué teatro del bulevar.

Salí a cenar y regresé casi inmediatamente. Mandé encender fuego en todas partes y dije a Joseph que se fuera.

No podría darle cuenta de las diversas impresiones que me agitaron durante una hora de espera: pero, cuando hacia las nueve oí llamar, se resumieron en una emoción tal, que al ir a abrir la puerta me vi obligado a apoyarme contra la pared para no caer.

Por suerte, la antesala estaba en semipenumbra y era menos visible la alteración de mis facciones.

Entró Marguerite.

Iba toda vestida de negro y con velo. Apenas si reconocí su rostro bajo el encaje.

Pasó al salón y se levantó el velo.

Estaba pálida como el mármol.

–Aquí estoy, Armand –dijo–. Deseaba usted verme y he venido.

Y, dejando caer la cabeza entre las manos, se deshizo en lágrimas.

Me acerqué a ella.

–¿Qué le pasa? –le dije con voz alterada.

Me estrechó la mano sin responderme, pues las lágrimas velaban aún su voz. Pero unos instantes después, habiendo recobrado un poco de calma, me dijo:

–Me ha hecho usted mucho daño, Armand, y yo no le he hecho nada.

–¿Nada? –repliqué con una amarga sonrisa.

–Nada que las circunstancias no me hayan obligado a hacerle.

No sé si en toda su vida habrá experimentado o experimentará usted alguna vez lo que sentía yo en presencia de Marguerite.

La última vez que vino a mi casa se sentó en el mismo sitio en que acababa de sentarse; sólo que después de aquella época ella había sido la amante de otro; otros besos distintos de los míos habían tocado sus labios, hacia los que sin querer tendían los míos, y sin embargo sentía que quería a aquella mujer tanto o quizá más de lo que nunca la había querido.

No obstante, me resultaba difícil entablar conversación sobre el asunto que la traía. Marguerite lo comprendió sin duda, pues prosiguió:

–Vengo a molestarlo, Armand, porque tengo que pedirle dos cosas: perdón por lo que dije ayer a la señorita Olympe y gracia para lo que quizá está dispuesto a hacerme todavía. Voluntariamente o no, desde su regreso me ha hecho usted tanto daño que ahora sería incapaz de soportar la cuarta parte de las emociones que he soportado hasta esta mañana. Tendrá usted piedad de mí, ¿verdad?, y comprenderá que para un hombre de corazón hay cosas más nobles que hacer que vengarse de una mujer enferma y triste como yo. Mire, coja mi mano. Tengo fiebre, me he levantado de la cama para venir a pedirle no su amistad, sino su indiferencia.

En efecto, cogí la mano de Marguerite. Estaba ardiendo, y la pobre mujer se estremecía bajo su abrigo de terciopelo.

Arrastré al lado del fuego el sillón en que estaba sentada.

–¿Cree que yo no sufrí –repuse– la noche en que, después de haberla esperado en el campo, vine a buscarla a París, donde no encontré más que aquella carta que estuvo a punto de volverme loco? ¡Cómo pudo engañarme, Marguerite, a mí, que tanto la quería!

–No hablemos de eso, Armand; no he venido a hablar de ello. He querido verlo no como enemigo, eso es todo, y he querido estrecharle la mano una vez más. Tiene usted una amante joven, bonita, y según dicen la ama: sea feliz con ella y olvídeme.

–¿Y usted? Sin duda es usted feliz...

–¿Tengo cara de mujer feliz, Armand? No se burle de mi dolor, usted que sabe mejor que nadie cuál es su causa y su alcance.

–Sólo de usted dependía no ser nunca desgraciada, si es que lo es como dice.

–No, amigo mío, no; las circunstancias han sido más fuertes que mi voluntad. No he obedecido a mis instintos de chica de la calle, como usted parece decir, sino a una necesidad seria y a razones que usted sabrá algún día y que entonces harán que me perdone.

–¿Por qué no me dice hoy qué razones son ésas?

–Porque no restablecerían un acercamiento, imposible entre nosotros, y quizá lo alejarían a usted de personas de quienes no debe alejarse.

–¿Quiénes son esas personas?

–No puedo decírselo.

–Entonces es que miente.

Marguerite se levantó y se dirigió hacia la puerta.

Yo no podía asistir a aquel mudo y expresivo dolor sin conmoverme, al comparar interiormente a aquella mujer pálida y llorosa con la chica alocada que se había burlado de mí en la Ópera Cómica.

–No se irá –dije, poniéndome delante de la puerta.

–¿Por qué?

–Porque, a pesar de lo que me has hecho, te sigo queriendo y quiero que te quedes aquí.

–Para echarme mañana, ¿no es eso? ¡No, es imposible! Nuestros dos destinos se han separado:

no intentemos unirlos de nuevo. Quizá me despreciaría usted, mientras que ahora sólo puede odiarme.

–No, Marguerite –grité, sintiendo despertarse todo mi amor y mis deseos al contacto con aquella mujer–. No, lo olvidaré todo y seremos tan felices como nos habíamos prometido serlo.

Marguerite sacudió la cabeza en señal de duda y dijo:

–¿No soy su esclava, su perro? Haga conmigo lo que quiera; tómeme, soy suya.

Y, quitándose el abrigo y el sombrero, los arrojó sobre el canapé y empezó a desabrocharse bruscamente el corpiño de su vestido, pues, por una de esas reacciones tan frecuentes en su enfermedad, la sangre se le agolpaba del corazón a la cabeza y la ahogaba.

Siguió una tos seca y ronca.

–Mande a decir a mi cochero –prosiguió– que se lleve el coche.

Bajé yo mismo a despedir a aquel hombre.

Cuando volví, Marguerite estaba tendida ante el fuego y sus dientes castañeteaban de frío.

La tomé entre mis brazos, la desnudé sin que hiciera un movimiento y la llevé completamente helada a mi cama.

Entonces me senté a su lado e intenté hacerla entrar en calor con mis caricias. No me decía una palabra, pero me sonreía.

¡Oh, fue aquélla una noche extraña! Toda la vida de Marguerite parecía haberse concentrado en los besos de que me cubría, y yo la amaba tanto, que, en medio de los transportes de su amor febril, me preguntaba si no iba a matarla para que no perteneciera nunca a otro.

Un mes de un amor como aquél, y, de cuerpo como de corazón, quedaría reducido uno a un cadáver.

El día nos sorprendió a los dos despiertos.

Marguerite estaba lívida. No decía una palabra. Gruesas lágrimas corrían de cuando en cuando de sus ojos y se detenían en su mejilla, brillando como diamantes. Sus brazos agotados se abrían de cuando en cuando para abrazarme, y volvían a caer sin fuerza sobre el lecho.

Por un momento creí que podría olvidar lo que había pasado desde que me marché de Bougival, y dije a Marguerite:

–¿Quieres que nos vayamos, que dejemos París?

–No, no –me dijo casi con espanto–, seríamos muy desgraciados; yo ya no puedo valer para hacerte feliz, pero mientras me quede un soplo de vida seré la esclava de tus caprichos. A cualquier hora del día o de la noche que me desees, ven y seré tuya; pero no asocies más tu futuro con el mío: serías muy desgraciado y me harías muy desgraciada. Aún seré por algún tiempo una chica bonita: aprovéchate, pero no me pidas más.

Cuando se marchó, me quedé espantado al ver la soledad en que me dejaba. Dos horas después de su marcha aún estaba sentado en la cama que ella acababa de abandonar, mirando el almohadón que conservaba los pliegues de su forma y preguntándome qué sería de mí entre mi amor y mis celos.

A las cinco, sin saber lo que iba a hacer allí, me dirigí a la calle de Antin.

Me abrió Nanine.

–La señora no puede recibirlo –me dijo, confusa.

–¿Por qué?

–Porque el señor conde de N*** está aquí y ha dicho que no deje entrar a nadie.

–Es natural –balbucí–, lo había olvidado.

Volví a mi casa como un borracho, y ¿sabe lo que hice durante el minuto de delirio celoso que bastó para la acción vergonzosa que iba a cometer? ¿Sabe lo que hice? Me dije que aquella mujer estaba burlándose de mí, me la imaginaba en su *tête-à-tête* inviolable con el conde, repitiendo las mismas palabras que me había dicho por la noche, y, cogiendo un billete de quinientos francos, se lo envié con estas palabras:

> «Se ha ido usted tan deprisa esta mañana, que olvidé pagarle.
> »Ahí tiene el precio de su noche».

Luego, cuando hube enviado la carta, salí como para sustraerme a los remordimientos instantáneos de aquella infamia.

Fui a casa de Olympe, a quien encontré probándose vestidos, y que, en cuanto estuvimos solos, me cantó obscenidades para distraerme.

Era ella el tipo perfecto de cortesana sin vergüenza, sin corazón y sin entendimiento, al menos para mí, pues quizá algún hombre había soñado con ella como yo con Marguerite.

Me pidió dinero, se lo di y, libre entonces de irme, volví a mi casa.

Marguerite no me había contestado.

Es inútil que le diga en qué estado de agitación pasé el día siguiente.

A las seis y media un recadero trajo un sobre que contenía mi carta y el billete de quinientos francos: ni una palabra más.

–¿Quién le ha entregado esto? –dije a aquel hombre.

–Una señora que ha subido con su doncella en el correo de Boulogne y que me ha encargado que no la trajera hasta que el coche estuviera fuera del patio.

Corrí a casa de Marguerite.

–La señora se ha ido a Inglaterra hoy a las seis –me respondió el portero.

Nada me retenía ya en París, ni odio ni amor. Estaba agotado por todas aquellas conmociones. Un amigo mío iba a hacer un viaje a Oriente; fui a decir a mi padre que deseaba acompañarlo; mi padre me dio cartas de crédito y recomendaciones, y ocho o diez días después me embarqué en Marsella.

Fue en Alejandría, por medio de un agregado de la embajada a quien había visto alguna vez en casa de Marguerite, donde me enteré de la enfermedad de la pobre chica.

Le escribí entonces la carta cuya contestación conoce usted, y que recibí en Toulon.

Salí en seguida, y el resto ya lo sabe usted.

Ahora ya no le queda más que leer las pocas hojas que Julie Duprat me ha enviado y que son el complemento indispensable de lo que acabo de contarle.

Capítulo 25

Armand, cansado por este extenso relato interrumpido a menudo por sus lágrimas, se llevó las dos manos a la frente y cerró los ojos, ya fuera para pensar o ya para intentar dormir, después de darme las páginas escritas de puño y letra de Marguerite.

Unos instantes después una respiración un poco más rápida me indicaba que Armand dormía, pero con ese sueño ligero que el menor ruido hace desaparecer.

Esto es lo que leí, y lo transcribo sin añadir ni quitar ninguna sílaba[1]:

Hoy estamos a 15 de diciembre. Hace tres o cuatro días que no me siento bien. Esta mañana me he quedado en la cama; el tiempo está sombrío, yo estoy triste; no tengo a nadie junto a mí y pienso en usted, Armand. Y usted, ¿dónde está usted en el momento en que escribo estas líneas? Me han dicho que lejos de París, muy lejos, y quizá ya haya olvidado a Marguerite. En fin, sea feliz, usted, a quien debo los únicos momentos alegres de mi vida.

---

1. Aquí comienza el tercer bloque narrativo, constituido por el diario de Marguerite, más las notas finales de Julie Duprat. Para distinguirlo, se ha compuesto todo él en cursiva.

No pude resistir el deseo de darle una explicación de mi conducta, y le escribí una carta; pero, escrita por una chica como yo, tal carta puede parecer una mentira, a no ser que la muerte la santifique con su autoridad y que en vez de ser una carta sea una confesión.

Hoy estoy enferma; puedo morir de esta enfermedad, pues siempre he tenido el presentimiento de que moriría joven. Mi madre murió enferma del pecho, y mi forma de vivir hasta el presente no ha podido sino empeorar esa afección, la única herencia que me dejó; pero no quiero morir sin que sepa usted a qué atenerse respecto a mí, si es que, cuando regrese, aún se preocupa por la pobre chica a quien tanto quería antes de marcharse.

He aquí lo que contenía aquella carta, que me sentiría feliz de volver a escribir para darme una nueva prueba de mi justificación:

Recordará usted, Armand, cómo la llegada de su padre nos sorprendió en Bougival; se acordará del terror involuntario que aquella llegada me causó, de la escena que tuvo lugar entre usted y él y que usted me contó por la noche.

Al día siguiente, mientras estaba usted en París esperando a su padre, que no volvía, se presentó un hombre en mi casa y me entregó una carta del señor Duval.

Aquella carta, que adjunto a ésta, me rogaba en los términos más solemnes que lo alejara a usted al día siguiente con cualquier pretexto y que recibiera a su padre; tenía que hablar conmigo y me recomendaba sobre todo que no le dijera a usted nada de su petición.

Ya sabe con qué insistencia le aconsejé a su vuelta que fuera otra vez a París al día siguiente.

Hacía una hora que se había marchado usted cuando se presentó su padre. Excuso decirle la impresión que me causó su rostro severo. Su padre estaba imbuido de las viejas teorías que quieren que toda cortesana sea un ser sin corazón, sin razón, una especie de máquina de coger oro, siempre dispuesta, como las máquinas de hierro, a triturar la mano que le tiende algo y a desgarrar sin piedad, sin discernimiento, al que la hace vivir y actuar.

Su padre me escribió una carta muy correcta para que yo accediera a recibirlo; no se presentó en absoluto como había escrito. Hubo en sus primeras palabras la suficiente altanería, impertinencia e incluso amenazas para que yo le hiciera comprender que estaba en mi casa y que no tenía por qué darle cuenta de mi vida, a no ser por el sincero afecto que sentía por su hijo.

El señor Duval se calmó un poco, y con todo se puso a decirme que no podía sufrir por más tiempo que su hijo se arruinara por mí; que yo era hermosa, cierto, pero que por hermosa que fuese no debía servirme de mi hermosura para echar a perder el porvenir de un joven con gastos como los que yo tenía.

A eso no había más que una cosa que responder, ¿verdad?, y era enseñar las pruebas de que desde que era su amante no me había costado ningún sacrificio serle fiel sin pedirle más dinero del que pudiera darme. Le enseñé las papeletas del Monte de Piedad, los recibos de las personas a quienes había vendido los objetos que no pude empeñar y participé a su padre mi decisión de deshacerme de mi mobiliario para pagar mis deudas y para vivir con usted sin serle una carga demasiado pesada. Le conté nuestra felicidad, la revelación que usted me había hecho de una vida más tranquila y más dichosa, y acabó por rendirse a la evidencia y tenderme la mano, pidiéndome perdón por su forma de presentarse al principio.

Luego me dijo:

–Entonces, señora, no será con reprensiones ni amenazas, sino con súplicas, como intentaré obtener de usted un sacrificio más grande que todos los que ha hecho hasta ahora por mi hijo.

Me eché a temblar ante aquel preámbulo.

Su padre se acercó a mí, me cogió las dos manos y continuó en tono afectuoso:

–Hija mía, no me tome a mal lo que voy a decirle; comprenda solamente que la vida tiene a veces necesidades crueles para el corazón, pero a las que hay que someterse. Es usted buena, y hay en su alma generosidades desconocidas de muchas mujeres que quizá la desprecian y no valen lo que usted. Pero piense que al lado de la amante está la familia; que más allá del amor están los deberes; que a la edad de las pasiones sucede la edad en que el hombre, para ser respetado, necesita estar sólidamente asentado en una posición seria. Mi hijo no tiene fortuna, y sin embargo está dispuesto a cederle la herencia de su madre. Si él aceptara el sacrificio que está usted a punto de hacer, sería para él un motivo de honor y dignidad el hacerle a usted a cambio esa cesión que la pondría para siempre al abrigo de una adversidad completa. Pero él no puede aceptar ese sacrificio, porque el mundo, que no la conoce, atribuiría a ese consentimiento una causa desleal que no debe alcanzar al nombre que llevamos. No mirarían si Armand la ama ni si usted lo ama a él, si ese doble amor es una felicidad para él y una rehabilitación para usted; no verían

más que una cosa: que Armand Duval ha permitido que una entretenida, y perdóneme, hija mía, lo que me veo obligado a decirle, vendiera para él todo lo que poseía. Luego llegaría el día de los reproches y las lamentaciones, puede estar segura, para usted como para los demás, y arrastrarían los dos una cadena que no podrían romper. ¿Qué harían entonces? Usted habría perdido su juventud, el porvenir de mi hijo estaría destruido, y yo, su padre, sólo tendría de uno de mis hijos la recompensa que espero de los dos.

»Es usted joven y hermosa, la vida la consolará; es usted noble, y el recuerdo de una buena acción la redimirá de muchas cosas pasadas. Desde hace seis meses que la conoce, Armand me ha olvidado. Le he escrito cuatro veces, y no ha pensado ni una vez en contestarme. ¡Hubiera podido morirme sin que lo supiera!

»Cualquiera que sea su decisión de vivir de un modo distinto a como ha vivido hasta ahora, Armand, que la ama, no se resignará a la reclusión a que la condenará su modesta posición y que no está hecha para su belleza. ¡Quién sabe lo que haría entonces! Sé que ha jugado; sé también que no le ha dicho nada a usted; pero, en un momento de embriaguez, hubiera podido perder una parte de lo que yo he ido reuniendo desde hace muchos años para la dote de mi hija, para él y para la tranquilidad de mi vejez. Lo que pudo ocurrir puede ocurrir todavía.

»Además, ¿está usted segura de que no la atraerá de nuevo la vida que dejaría por él? ¿Está segura, usted que lo ha amado, de no amar a otro? Y, en fin, ¿no sufrirá usted con las trabas que su relación pondrá a la vida de su amante, de las que quizá no pueda consolarlo, si, con la

edad, a los sueños de amor suceden ideas de ambición? Reflexione sobre todo esto, señora; usted ama a Armand; demuéstreselo con el único medio que aún le queda de demostrárselo: sacrificando su amor por el futuro de él. Todavía no ha ocurrido ninguna desgracia, pero ocurrirá, y quizá mayor de lo que preveo. Armand puede ponerse celoso de algún hombre que la haya amado; puede provocarlo, puede batirse, puede morir en fin, y piense en lo que sufriría usted ante este padre que le pediría cuentas de la vida de su hijo.

»En fin, hija mía, sépalo todo, pues no se lo he dicho todo; sepa, pues, lo que me traía a París. Acabo de decirle que tengo una hija, joven, guapa, pura como un ángel. También ella ama y quiere hacer de ese amor el sueño de su vida. Le escribí todo esto a Armand, pero estaba tan ocupado con usted, que no me contestó. Bueno, pues mi hija va a casarse. Se casa con el hombre que ama y entra en una familia honorable que quiere que todo sea honorable en la mía. La familia del hombre que será mi yerno se ha enterado de la vida que Armand lleva en París y ha manifestado que retirará su palabra si Armand sigue viviendo así. En sus manos está el futuro de una niña que no le ha hecho nada y que tiene derecho a contar con el futuro.

»¿Puede usted y se siente con fuerzas para destrozarlo? En nombre de su amor y de su arrepentimiento, Marguerite, concédame la felicidad de mi hija».

Yo lloraba silenciosamente, amigo mío, ante todas aquellas reflexiones que yo me había hecho con tanta frecuencia y que, en boca de su padre, adquirían una realidad más seria aún. Me decía todo lo que su padre no se atrevía a decirme y que tuvo en la punta de la lengua veinte veces: que al fin y al cabo yo no era más que una entretenida y que cualquier razón que diera a nuestra relación tendría siempre el aspecto de cálculo; que mi vida pasada no me daba ningún derecho a soñar con semejante futuro y que aceptaba responsabilidades que por mis costumbres y mi reputación no ofrecían ninguna garantía. En fin, yo lo amaba a usted, Armand. La manera paternal de hablarme del señor Duval, los castos sentimientos que evocaba en mí, la estima de aquel anciano leal que iba a conquistar, la suya, que estaba segura de tener más tarde, todo ello despertó en mi corazón nobles pensamientos que me realzaban a mis propios ojos e impulsaban a hablar de santas vanidades, desconocidas hasta entonces. Cuando pensaba que algún día aquel anciano, que me imploraba por el futuro de su hijo, diría a su hija que añadiera mi nombre a sus oraciones, como el nombre de una misteriosa amiga, me transformaba y me sentía orgullosa de mí misma.

La exaltación del momento exageraba quizá la verdad de aquellas impresiones; pero eso era lo que yo experimentaba, amigo, y aquellos nuevos sentimientos hacían callar los consejos que me daba el recuerdo de los días felices pasados con usted.

–Está bien, señor –dije a su padre, enjugando mis lágrimas–. ¿Cree usted que amo a su hijo?

–Sí –me dijo el señor Duval.

–¿Con un amor desinteresado?

–Sí.

–¿Cree que había hecho de ese amor la esperanza, el sueño y el perdón de mi vida?

–Firmemente.

–Pues bien, señor, béseme una vez como besaría a su hija, y le juro que ese beso, el único realmente casto que habré recibido, me hará fuerte contra mi amor, y que antes de ocho días su hijo volverá con usted, quizá desgraciado por algún tiempo, pero curado para siempre.

–Es usted una noble muchacha –replicó su padre, besándome en la frente–, e intenta algo que Dios le tendrá en cuenta, pero mucho me temo que no obtendrá nada de mi hijo.

–¡Oh!, esté tranquilo, señor: me odiará.

Hacía falta levantar entre nosotros una barrera infranqueable para el uno como para el otro.

Escribí a Prudence que aceptaba las proposiciones del señor conde de N***, y que fuera a decirle que cenaría con ella y con él. Cerré la carta y, sin decirle lo que encerraba, rogué a su padre que la enviara a su destino en llegando a París. No obstante, me preguntó qué contenía.

–Es la felicidad de su hijo –le respondí.

Su padre me besó una vez más. Sentí en mi frente dos lágrimas de agradecimiento, que fueron como el bautismo de mis faltas de otro tiempo, y, en el momento en que acababa de consentir en entregarme a otro hombre, irradiaba de orgullo al pensar en lo que redimía por medio de aquella nueva falta.

Era muy natural, Armand; usted me había dicho que su padre era el hombre más honrado que se podía encontrar.

El señor Duval subió al coche y se fue.

Sin embargo, soy mujer y, cuando volví a verlo a usted, no pude menos de llorar, pero no flaqueé.

¿He hecho bien? Eso es lo que me pregunto hoy que he caído enferma en un lecho que quizá sólo muerta dejaré.

Usted fue testigo de lo que yo experimentaba a medida que se acercaba la hora de nuestra separación inevitable; su padre ya no estaba allí para apoyarme, y hubo un momento en que estuve muy cerca de confesárselo todo, de tan espantada como estaba ante la idea de que usted iba a odiarme y despreciarme.

Quizá no lo crea, Armand, pero rogaba a Dios que me diera fuerza, y la prueba de que aceptó mi sacrificio es que me dio la fuerza que le imploraba.

¡Aún necesité ayuda en aquella cena, pues no quería saber lo que iba a hacer, de tanto como temía que me faltase valor!

¿Quién me hubiera dicho a mí, Marguerite Gautier, que llegaría a sufrir tanto ante la sola idea de tener un nuevo amante?

Bebí para olvidar y, cuando me desperté al día siguiente, estaba en la cama del conde.

Ésta es toda la verdad, amigo: juzgue usted y perdóneme, como yo le he perdonado todo el daño que me hizo desde aquel día.

Capítulo 26

Lo que siguió a aquella noche fatal lo sabe usted tan bien como yo, pero lo que no sabe, lo que no puede sospechar, es lo que he sufrido desde nuestra separación.

Me enteré de que su padre se lo había llevado consigo, pero me figuraba que no podría vivir mucho tiempo lejos de mí, y el día en que me encontré con usted en los Campos Elíseos, me emocioné, pero no me sorprendí.

Comenzó entonces aquella serie de días, cada uno de los cuales me traía un nuevo insulto suyo, insulto que recibía casi con alegría, pues, aparte de que era la prueba de que me seguía queriendo, me parecía que cuanto más me persiguiera, más me engrandecería a sus ojos el día en que supiera la verdad.

No se extrañe de este martirio gozoso, Armand: el amor que usted sintió por mí abrió mi corazón a nobles entusiasmos.

Sin embargo, no fui tan fuerte en seguida.

Entre la realización del sacrificio que hice por usted y su vuelta pasó un tiempo bastante largo durante el cual necesité recurrir a medios físicos para no volverme loca y para aturdirme en la vida a que me había lanzado. ¿No le dijo Prudence que iba a todas las fiestas, a todos los bailes, a todas las orgías?

Tenía una especie de esperanza de matarme rápidamente a fuerza de excesos, y creo que esa esperanza no tardará en realizarse. Mi salud se alteró necesariamente cada vez más, y el día en que envié a la señora Duvernoy a pedirle clemencia estaba agotada de cuerpo y de alma.

No le recordaré, Armand, de qué forma recompensó usted la última prueba de amor que le di, y por medio de qué ultraje arrojó de París a la mujer que, moribunda, no pudo resistirse a su voz cuando le pidió una noche de amor, y que, como una insensata, creyó por un instante que podría volver a unir el pasado y el presente. Tenía usted derecho a hacer lo que hizo, Armand: ¡no siempre me han pagado mis noches tan caras!

*¡Entonces lo abandoné todo! Olympe me reemplazó al lado del señor de N***, y me han dicho que se encargó de comunicarle el motivo de mi marcha. El conde de G*** estaba en Londres. Es uno de esos hombres que, no dando a los amores que tienen con las chicas como yo más que la importancia justa para que sea un pasatiempo agradable, siguen siendo amigos de las mujeres que tuvieron, y no tienen odio, pues nunca tuvieron celos; en fin, es uno de esos grandes señores que sólo nos abren un lado de su corazón, pero nos abren los dos lados de su bolsa. En seguida pensé en él. Fui a buscarlo. Me recibió de maravilla, pero era allí amante de una mujer del gran mundo y tenía miedo de comprometerse ligándose a mí. Me presentó a sus amigos, que me ofrecieron una cena, tras la cual me fui con uno de ellos.*

¿Qué quería usted que hiciera, amigo mío?

¿Matarme? Hubiera sido cargar su vida, que debe ser feliz, con un remordimiento inútil; y además, ¿a qué matarse cuando está uno tan cerca de morir?

Pasé al estado de cuerpo sin alma, de cosa sin pensamiento; viví durante algún tiempo con aquella vida automática; luego volví a París y pregunté por usted; me enteré entonces de que se había ido a un largo viaje. Ya nada me sostenía. Mi existencia volvió a convertirse en lo que era dos años antes de que lo conociera. Intenté atraerme al duque, pero había herido harto rudamente a aquel hombre, y los ancianos no son pacientes, sin duda porque se dan cuenta de que no son eternos. La enfermedad se apoderaba de mí de día en día, estaba pálida, estaba triste, estaba más delgada todavía. Los hombres que compran el amor examinan la mercancía antes de tomarla. Había en París mujeres con mejor salud y más carnes que yo; me olvidaron un poco. Éste ha sido el pasado hasta ayer.

Ahora estoy enferma de verdad. He escrito al duque pidiéndole dinero, pues no lo tengo, y los acreedores han vuelto y me traen sus facturas con un encarnizamiento despiadado. ¿Me contestará el duque? ¡Si estuviera usted en París, Armand! Vendría a verme y sus visitas me consolarían.

20 de diciembre

Hace un tiempo horrible, nieva, estoy sola en casa. Llevo tres días con tanta fiebre que no he podido escribirle una palabra. Nada nuevo, amigo mío; todos los días espero vagamente una carta suya, pero no llega y sin duda no llegará nunca. Sólo los hombres tienen fuerza suficiente para no perdonar. El duque no me ha contestado.

Prudence ha vuelto a empezar con sus viajes al Monte de Piedad.

No dejo de escupir sangre. ¡Oh, le daría pena verme! Tiene usted la gran suerte de estar bajo un cielo cálido y no tener como yo todo un invierno de hielo pesando sobre su pecho. Hoy me he levantado un poco y, tras las cortinas de mi ventana, he mirado pasar esa vida de París con la que ahora sí que creo haber roto definitivamente. Algunos rostros conocidos han pasado por la calle, rápidos, alegres, despreocupados. Ni uno ha levantado los ojos hacia mis ventanas. No obstante, han venido algunos jóvenes y han dejado su nombre. Ya estuve enferma otra vez, y usted, sin conocerme, sin haber obtenido de mí más que una impertinencia el día en que lo vi por primera vez, usted vino a preguntar por mí todas las mañanas. Aquí me tiene enferma otra vez. Hemos pasado seis meses juntos. He sentido por usted todo el amor que el corazón de una mujer puede encerrar y ofrecer, y usted está lejos, me maldice y no me llega ni una palabra suya de consuelo. Pero estoy segura de que sólo el azar es el causante de este abandono, pues, si estuviera usted en París, no se apartaría de la cabecera de mi cama ni saldría de mi habitación.

25 de diciembre

Todos los días el médico me prohíbe escribir. En efecto, mis recuerdos no hacen más que aumentar mi fiebre, pero ayer recibí una carta que me hizo mucho bien, no tanto por la ayuda material que me aportaba cuanto por los sentimientos que expresaba. Así que hoy puedo escribirle. La carta era de su padre y mire lo que decía:

«Señora:

*»Acabo de enterarme de que está usted enferma. Si estuviera en París, iría personalmente a saber cómo se encuentra; si mi hijo estuviera aquí, le diría que fuera a preguntar por usted; pero yo no puedo salir de C***, y Armand está a seiscientas o setecientas leguas de aquí; así pues, permítame, señora, que le escriba simplemente diciéndole cuánto me apena su enfermedad, y créame que hago sinceros votos por su pronto restablecimiento.*

*»El señor H***, un buen amigo mío, irá a su casa: le ruego que lo reciba. Le he dado un encargo, cuyo resultado espero con impaciencia.*

»Reciba, señora, mis mejores sentimientos».

Esta es la carta que recibí. Su padre tiene un corazón noble; ámelo, amigo mío, pues hay pocos hombres en el mundo tan dignos de ser amados. Este papel firmado con su nombre me ha sentado mejor que todas las recetas de nuestro ilustre médico.

*Esta mañana ha venido el señor H***. Parecía muy incómodo con la delicada misión que le había encargado el señor Duval. Venía sencillamente a traerme mil escudos de parte de su padre. Al principio no he querido cogerlos, pero el señor H*** me ha dicho que ese rechazo ofendería al señor Duval, que le había autorizado a darme ahora esa cantidad y a enviarme todo lo que necesitara en adelante. He aceptado ese favor que, viniendo de su padre, no puede ser una limosna. Si ya he muerto cuando vuelva usted, enséñele a su padre lo que acabo de escribir para él y dígale que, al trazar estas líneas, la pobre chica a la que se ha dignado escribir esta consoladora* *carta derramaba lágrimas de agradecimiento y rogaba a Dios por él.*

4 de enero

Acabo de pasar una serie de días muy dolorosos. No sabía que el cuerpo pudiera hacernos sufrir tanto. ¡Oh, mi vida pasada! Hoy estoy pagándola dos veces.

Me han velado todas las noches. Ya no podía respirar. El delirio y la tos se repartían el resto de mi pobre existencia.

El comedor está lleno de bombones, de regalos de toda clase que me han traído mis amigos. Entre ellos hay alguno sin duda que espera que más tarde seré su amante. Si vieran lo que la enfermedad ha hecho conmigo, huirían espantados.

Prudence da el aguinaldo con los que yo recibo.

Es la época de las heladas, y el doctor me ha dicho que podría salir de aquí a unos días si continúa el buen tiempo.

8 de enero

Ayer salí en mi coche. Hacía un tiempo magnífico. Los Campos Elíseos estaban llenos de gente. Parecía la primera sonrisa de la primavera. A mi alrededor todo tenía un aire de fiesta. Nunca sospeché que en un rayo de sol pudiera haber tanta alegría, dulzura y consuelo como encontré ayer.

*Me he encontrado con casi todas las personas que conozco, siempre alegres, siempre dedicadas a sus placeres. ¡Cuánta gente feliz que no sabe que lo es! Olympe ha pasado en un elegante coche que le ha regalado el señor de N***. Ha intentado insultarme con la mirada. No sabe* *cuán lejos estoy de todas esas vanidades. Un buen muchacho que conozco desde hace mucho tiempo me ha preguntado si quería cenar con él y con un amigo suyo, que tiene muchos deseos, según decía, de conocerme.*

He sonreído tristemente y le he tendido mi mano ardiente de fiebre. Nunca he visto un rostro tan asombrado.

He vuelto a las cuatro y he cenado con bastante apetito.

Esta salida me ha sentado bien.

¡Si me curase!

¿Cómo es que el aspecto de la vida y de la felicidad de los demás hace que le entren deseos de vivir al que el día anterior, en la soledad de su alma y en la sombra de su habitación de enfermo, deseaba morir rápidamente?

10 de enero

La esperanza de recobrar la salud no era más que un sueño. Aquí estoy, otra vez en la cama, con el cuerpo cubierto de emplastos que me queman. ¡Vete a ofrecer este cuerpo, que tan caro pagaban en otro tiempo, y ya verás lo que darían hoy!

Es preciso que hayamos hecho mucho mal antes de nacer o que vayamos a gozar de una felicidad muy grande después de la muerte, para que Dios permita que en esta vida se den todas las torturas de la expiación y todos los dolores de la prueba.

12 de enero

Sigo sufriendo.

*Ayer me envió dinero el conde de N***, y no lo acepté. No quiero nada de ese hombre. Él es el causante de que no esté usted a mi lado.*

¡Oh! ¿Dónde están nuestros hermosos días de Bougival?

Si salgo viva de esta habitación, será para ir en peregrinación a la casa en que vivimos juntos; pero sólo saldré muerta.

¿Quién sabe si podré escribirle mañana?

25 de enero

Llevo once noches sin dormir, ahogándome y creyendo a cada instante que me voy a morir. El médico ha ordenado que no me dejen tocar una pluma. Julie Duprat, que me vela, aún me ha permitido que le escriba estas pocas líneas. ¿Es que no va a volver usted antes de que muera? ¿Ha terminado todo eternamente entre nosotros? Me parece que, si usted viniera, me curaría. ¿Para qué curarme?

28 de enero

Esta mañana me ha despertado un gran ruido. Julie, que dormía en mi habitación, se ha precipitado al comedor. He oído voces de hombres contra las que la suya luchaba en vano. Ha vuelto llorando.

Venían a embargar. Le he dicho que les dejara hacer lo que ellos llaman justicia. El alguacil ha entrado en mi habitación sin quitarse el sombrero. Ha abierto los cajones, ha tomado nota de todo lo que ha visto, no ha parecido darse cuenta de que había una moribunda en la cama que, afortunadamente, la caridad de la ley me deja.

Al marcharse ha consentido en decirme que podía interponer recurso antes de nueve días, ¡pero ha dejado un vigilante! Dios mío, ¿qué va a ser de mí? Esta escena me ha puesto más enferma aún. Prudence quería pedir dinero al amigo de su padre, pero me he opuesto.

He recibido su carta esta mañana. La necesitaba. ¿Le llegará a tiempo mi contestación? ¿Volverá a verme? Es éste un día feliz que me hace olvidar todos los que he pasado desde hace seis semanas. Me parece que estoy mejor, a pesar del sentimiento de tristeza bajo cuya impresión le he contestado.

Al fin y al cabo no vamos a ser siempre desgraciados.

¡Cuando pienso que puede ocurrir que no me muera, que venga usted, que vuelva a ver la primavera, que me ame todavía y que volvamos a empezar nuestra vida del año pasado!

¡Qué loca estoy! Apenas si puedo sostener la pluma con que le escribo este insensato sueño de mi corazón.

Pase lo que pase, yo le quería de verdad, Armand, y habría muerto ya hace mucho tiempo si no me asistiera el recuerdo de ese amor y una especie de vaga esperanza de volver a verlo a mi lado.

4 de febrero

*Ha vuelto el conde de G***. Su amante lo ha engañado. Está muy triste, la quería mucho. Ha venido a contármelo todo. Al pobre muchacho le va bastante mal en sus negocios, lo que no le ha impedido pagar al alguacil y despedir al vigilante.*

Le he hablado de usted y me ha prometido hablarle de mí. ¡Cómo olvidaba yo en esos momentos que había sido su amante y cómo intentaba él también hacérmelo olvidar! Tiene buen corazón.

El duque mandó a preguntar por mí ayer y ha venido esta mañana. No sé qué le puede hacer vivir aún a ese anciano. Se ha quedado tres horas conmigo y no me habrá dicho veinte palabras. Dos gruesas lágrimas han caído de sus ojos cuando me ha visto tan pálida. Sin duda le hacía llorar el recuerdo de la muerte de su hija. La habrá visto morir dos veces. Tiene la espalda encorvada, su cabeza se inclina hacia el suelo, le cuelga el labio, su mirada está apagada. La edad y el dolor cargan su doble peso sobre su cuerpo agotado. No me ha hecho un reproche. Incluso se diría que se alegraba secretamente de los estragos que ha causado en mí la enfermedad. Parecía orgulloso de estar de pie cuando yo, joven aún, estaba aplastada por el sufrimiento.

Ha vuelto el mal tiempo. Nadie viene a verme. Julie vela a mi lado todo lo que puede. Prudence, a quien ya no puedo dar tanto dinero como otras veces, comienza a pretextar asuntos para alejarse.

Ahora que estoy al borde de la muerte, a pesar de lo que me dicen los médicos, pues tengo varios, lo que prueba que la enfermedad se agrava, casi siento haber escuchado a su padre; de haber sabido que no quitaría más que un año a su porvenir, no habría resistido al deseo de pasarlo con usted, y al menos moriría teniendo la mano de un amigo. Claro que, si hubiéramos vivido juntos ese año, no habría muerto tan pronto.

¡Hágase la voluntad de Dios!

5 de febrero

¡Oh, Armand, venga, venga, sufro horriblemente! ¡Dios mío, voy a morir! Ayer estaba tan triste, que quise pasar

fuera de mi casa la noche, que prometía ser tan larga como la del día anterior. El duque vino por la mañana. Me parece que la vista de ese anciano olvidado por la muerte me hace morir más deprisa.

A pesar de la fiebre ardiente que me abrasaba, pedí que me vistieran y me llevaran al Vaudeville. Julie me puso colorete, porque si no habría parecido un cadáver. Fui al palco donde le di nuestra primera cita; todo el tiempo tuve los ojos clavados en la butaca que ocupaba usted aquel día, y que ayer ocupaba un paleto que reía ruidosamente de todas las estupideces que decían los actores. Me llevaron a casa medio muerta. He estado tosiendo y escupiendo sangre toda la noche. Hoy no puedo hablar y apenas si puedo mover los brazos. ¡Dios mío, Dios mío, voy a morir! Lo esperaba, pero no puedo hacerme a la idea de tener que sufrir más de lo que sufro, y si...

A partir de esta palabra los pocos caracteres que Marguerite había intentado trazar resultaban ilegibles, y fue Julie Duprat quien continuó.

18 de febrero

Señor Armand:

Desde el día en que Marguerite se empeñó en ir al teatro, cada vez se puso peor. Perdió la voz por completo y luego el uso de los miembros. Es imposible decir lo que sufre nuestra pobre amiga. No estoy acostumbrada a esta clase de emociones, y tengo continuos temores.

¡Cuánto me gustaría que estuviese usted a nuestro lado! Delira casi siempre, pero, delirante o lúcida, siempre

pronuncia su nombre en cuanto llega a poder decir una palabra.

El médico me ha dicho que no durará mucho. Desde que se ha puesto tan mala, el viejo duque no ha vuelto.

Ha dicho al doctor que este espectáculo le dolía demasiado.

*La señora Duvernoy no se porta bien. Esa mujer, que creía que iba a sacar más dinero de Marguerite, a cuyas expensas vivía casi completamente, ha adquirido compromisos que no puede mantener y, al ver que su vecina ya no le sirve de nada, ni siquiera viene a verla. Todo el mundo la abandona. El señor de G***, acosado por sus deudas, se ha visto obligado a volverse a Londres. Al marcharse nos ha enviado algún dinero; ha hecho lo que ha podido, pero han venido otra vez a embargar, y los acreedores están esperando a que se muera para realizar la subasta.*

He intentado agotar mis últimos recursos para impedir todos estos embargos, pero el alguacil me ha dicho que era inútil y que aún quedaban otros juicios pendientes de ejecución. Puesto que va a morir, más vale abandonarlo todo que salvarlo para su familia, a quien ella no ha querido ver y que nunca la quiso. No puede usted imaginarse en medio de qué miseria dorada se muere la pobre chica. Ayer no teníamos absolutamente nada de dinero. Cubiertos, joyas, cachemiras, todo está empeñado; el resto está vendido o embargado. Marguerite aún tiene conciencia de lo que pasa a su alrededor, y sufre en su cuerpo, en su espíritu y en su corazón. Gruesas lágrimas corren por sus mejillas, tan enflaquecidas y tan pálidas que, si usted pudiera verla, no reconocería el rostro de la que tanto lo amó. Me ha hecho prometer que le escriba cuando ella ya no pueda, y es-

toy escribiéndole delante de ella. Dirige sus ojos hacia mí, pero no me ve: su mirada está ya velada por la muerte cercana; sin embargo, sonríe, y estoy segura de que todo su pensamiento y toda su alma están puestos en usted.

Cada vez que alguien abre la puerta sus ojos se iluminan y siempre cree que va a entrar usted; luego, cuando ve que no es usted, su rostro recobra su dolorida expresión, queda bañado en un sudor frío, y sus pómulos se tiñen de púrpura.

19 de febrero, doce de la noche

¡Qué triste día el de hoy, mi pobre señor Armand! Esta mañana Marguerite se ahogaba, el médico le ha hecho una sangría, y ha recobrado un poco la voz. El doctor le ha aconsejado que vea a un sacerdote. Ella ha dicho que bueno, y él mismo ha ido a buscar a un cura de Saint-Roch.

Entre tanto Marguerite me ha llamado al lado de su cama, me ha rogado que abriera el armario, luego me ha señalado un gorro, un camisón cubierto de encajes, y me ha dicho con voz debilitada:

–Voy a morir después de confesarme; vísteme entonces con estas cosas: es una coquetería de moribunda.

Luego me ha besado llorando y ha añadido:

–Puedo hablar, pero me ahogo mucho cuando hablo. ¡Me ahogo! ¡Aire!

Deshecha en lágrimas, abrí la ventana, y unos instantes después entró el sacerdote.

Fui a su encuentro.

Cuando supo dónde estaba, pareció temer que iba a ser mal recibido.

–Entre sin miedo, padre –le he dicho.

Ha estado poco tiempo en la habitación de la enferma, y ha salido diciéndome:

–Ha vivido como una pecadora, pero morirá como una cristiana.

Unos instantes después ha vuelto acompañado de un monaguillo que llevaba un crucifijo, y de un sacristán que iba delante tocando la campanilla, para anunciar que Dios venía a casa de la moribunda.

Han entrado los tres en este dormitorio, donde en otro tiempo resonaron tantas palabras extrañas, y que en aquella hora sólo era un tabernáculo sagrado.

He caído de rodillas. No sé cuánto tiempo durará la impresión que me ha producido este espectáculo, pero creo que, hasta que yo llegue al mismo momento, no habrá cosa humana que pueda impresionarme tanto.

El sacerdote ungió con los santos óleos los pies, las manos y la frente de la moribunda, recitó una breve oración, y Marguerite se encontró preparada para ir al cielo, donde irá sin duda si Dios ha visto las pruebas de su vida y la santidad de su muerte.

Desde entonces no ha dicho una palabra ni ha hecho un movimiento.

Veinte veces la hubiera creído muerta, de no haber oído el esfuerzo de su respiración.

20 de febrero, cinco de la tarde

Todo ha terminado.

Marguerite ha entrado en agonía esta noche alrededor de las dos. Nunca un mártir ha sufrido semejantes tor-

mentos, a juzgar por los gritos que daba. Dos o tres veces se ha incorporado del todo sobre su lecho, como si quisiera agarrar la vida que se remontaba hacia Dios.

Dos o tres veces también ha pronunciado el nombre de usted, luego se ha callado y ha vuelto a caer agotada en la cama. Lágrimas silenciosas brotaban de sus ojos, y ha muerto.

Me he acercado entonces a ella, la he llamado y, como no respondía, le he cerrado los ojos y la he besado en la frente.

¡Pobre querida Marguerite! Me hubiera gustado ser una santa para que ese beso te encomendara a Dios.

Luego la he vestido como me había pedido que lo hiciera, he ido a buscar un sacerdote a Saint-Roch, he encendido dos velas por ella y he rezado durante una hora en la iglesia.

He dado a los pobres dinero que era de ella.

No entiendo mucho de religión, pero pienso que Dios reconocerá que mis lágrimas eran verdaderas, mi oración fervorosa, mi limosna sincera, y que tendrá piedad de ella, que, habiendo muerto joven y bella, no me ha tenido más que a mí para cerrarle los ojos y amortajarla.

22 de febrero

*Hoy ha sido el entierro. Han venido a la iglesia muchas amigas de Marguerite. Algunas lloraban sinceramente. Cuando el cortejo ha tomado el camino de Montmartre, sólo dos hombres iban detrás: el conde de G***, que ha venido expresamente de Londres, y el duque, que andaba sostenido por dos criados.*

Le escribo todos estos detalles desde su casa, en medio de mis lágrimas y ante la lámpara que arde tristemente al lado de una cena que no toco, como puede usted imaginar, pero que Nanine ha mandado hacer, pues llevo sin probar bocado más de veinticuatro horas.

Mi vida no podrá conservar durante mucho tiempo estas tristes impresiones, pues mi vida no me pertenece más de lo que pertenecía la suya a Marguerite; por eso le doy todos estos detalles en los mismos lugares donde han sucedido, por temor a no poder contárselos con toda su triste exactitud si pasa mucho tiempo entre ellos y su regreso.

Capítulo 27

–¿Lo ha leído? –me dijo Armand cuando terminé la lectura del manuscrito.

–Comprendo lo que ha debido de sufrir usted, amigo mío, si todo lo que he leído es cierto.

–Mi padre me lo ha confirmado en una carta.

Charlamos aún un rato sobre el triste destino que acababa de cumplirse y volví a mi casa a descansar un poco.

Armand, siempre triste, pero un poco aliviado por el relato de esta historia, se restableció rápidamente, y fuimos juntos a visitar a Prudence y a Julie Duprat.

Prudence acababa de quebrar. Nos dijo que era Marguerite la causante; que, durante su enfermedad, le había prestado mucho dinero, por el que había firmado pagarés que luego no pudo pagar, pues Marguerite se murió sin devolvérselo y sin haberle dado recibos con los que hubiera podido presentarse como acreedora.

Con ayuda de esa fábula, que la señora Duvernoy contaba por todas partes para justificar sus malos negocios, le sacó un billete de mil francos a Armand, que no lo creyó, pero que prefirió dar a entender que lo creía, de tanto respeto como tenía por todo lo que estaba relacionado con su amante.

Luego llegamos a casa de Julie Duprat, que nos contó los tristes acontecimientos de que había sido testigo, derramando lágrimas sinceras ante el recuerdo de su amiga.

Finalmente fuimos a la tumba de Marguerite, sobre la que los primeros rayos del sol de abril hacían brotar las primeras hojas.

Le quedaba a Armand por cumplir el último deber: ir a reunirse con su padre. Quiso también que lo acompañase.

Llegamos a C***, donde vi que el señor Duval era tal como me lo había imaginado por el retrato que de él me hizo su hijo: alto, digno, afable.

Acogió a Armand con lágrimas de felicidad y me estrechó afectuosamente la mano. Pronto me di cuenta de que el sentimiento paternal dominaba en el recaudador sobre todos los demás.

Su hija, llamada Blanche, tenía esa transparencia de los ojos y la mirada, esa serenidad de la boca que demuestran que el alma sólo concibe santos pensamientos y los labios sólo dicen palabras piadosas. La casta joven sonreía ante el regreso de su hermano, sin saber que lejos de ella una cortesana había sacrificado su felicidad ante la sola invocación de su nombre.

Me quedé algún tiempo con aquella venturosa familia, dedicada por entero al que les traía la convalecencia de su corazón.

Volví a París, donde escribí esta historia tal como me la contaron. No tiene más que un mérito, que quizá le será discutido: el de ser verdadera.

No saco de este relato la conclusión de que todas las chicas como Marguerite son capaces de hacer lo que ella hizo, ni mucho menos; pero tuve conocimiento de que una de ellas había experimentado en su vida un amor serio, por el que sufrió y por el que murió, y he contado al lector lo que sabía. Era un deber.

No soy apóstol del vicio, pero me haré eco de la desgracia noble dondequiera que la oiga implorar.

La historia de Marguerite es una excepción, lo repito; pero, si hubiera sido algo habitual, no habría merecido la pena escribirla.